致命冒险

闪米特黄河奇幻漂流

闪米特
—著—

天津出版传媒集团
天津科学技术出版社

图书在版编目（CIP）数据

致命冒险 : 闪米特黄河奇幻漂流 / 闪米特著. --
天津 : 天津科学技术出版社, 2017.8
ISBN 978-7-5576-3258-8

Ⅰ. ①致… Ⅱ. ①闪… Ⅲ. ①游记－作品集－中国－
当代 Ⅳ. ①I267.4

中国版本图书馆CIP数据核字(2017)第131289号

责任编辑：方艳

天津出版传媒集团
天津科学技术出版社出版

出版人：蔡 颢
天津市西康路35号 邮编：300051
电话（022）23332695（编辑部）
网址：www.tjkjcbs.com.cn
新华书店经销
北京天宇万达印刷有限公司印刷

开本710×1000 1/16 印张16 字数200 000
2017年8月第1版第1次印刷
定价：56.00元

序——孤独的追梦者

初识探险家闪米特，还是在微博上。

去年年初，闪米特发了一条微博，他说“今天经过金山公司的旧址，联想到雷军。看着自己的小米手机，感叹小米真是一个勇于探索的公司啊！我喜欢勇于探索的人生。”

我看到公司的官微转发了这条信息，同事告诉我，这是一位非常了不起的探险家：他用独木舟漂过了中国的三大海峡，环游了中国的两大岛屿，漂流过完整的珠江，漂流过黄河，还从泰国一路漂到了柬埔寨……

短短几十个字的简介，就让闪米特的人生透露着亮闪闪的“彪悍”二字。闪米特告诉我，他早已是一个忠实的米粉。我很自豪有这样的“米粉”：在你的内心一直有一个目标，你很少会对外界讲，因为那听上去实在太难了。可是仔细想想，嗯，鼓起劲努努力，也许可以做得到？于是，你就去实践了，然后你做到了。这个过程不仅挑战了自我，更是对未知世界的探索。

探索说起来容易，展望起来更有诗意，但只有身体力行，才知道满地都是荆棘。只有别人想不到或者想不到、去不到、不敢去的地方，才是值得探索的地方。这样的路走起来肯定满是痛苦。

所以，闪米特的故事中，多次提到在漂流中的孤独、面对死亡危机时的彷徨和涉险过关后马上冲向下一段旅途时的期待。

我和闪米特虽然专注的领域不同，但他所经历的痛苦与骄傲，我能感同身受。他曾经拥有稳定舒适的生活，却不愿在安逸中消磨时光。创办小米之前，我也早已是行业老兵，但始终放不下20多年前产生的“做一家改变世界的伟大企业”的念头，于是在40岁时重新出发创办了小米公司。

我相信，在某个时刻，我们都听到了命运的召唤。那个念头一直在我们的内心，让我们无法满足眼前的舒适。此前多年的积累和对梦想的坚持，让我们选择了一条更难的路。成功是未知数，但失败肯定会迎来冷言冷语。

2010年，闪米特挑战琼州海峡，从一名外企职员变身为职业探险家。也是在这一年，我和同事一起创办了小米公司。这七年走下来，我们都曾经拥有掌声和鲜花，也遇到过不少挫折。历史已经证明并将继续证明，闪米特是一位伟大的探险家，而小米公司也会成为让更多的人都能享受科技乐趣的伟大企业。

梦想总是要有的，但你要做好准备。闪米特“下海”之前，就经常从事户外训练，他坚持锻炼，精进自己的各项技能。正式漂流后，又能用科学的方法指导自己的航程。他是一个有态度、有方法的探险家，大家在阅读本书时，也要留心这一点。

这本书最有意思的地方就是，你看文字，都是漂流黄河历程中的艰险和艰辛；看照片，却又是那些常人很难抵达的壮观景色。书中有一段话让我印象颇深，大意是从唐乃亥到羊曲那一段，河道非常凶险，急流不断。很多年前，有探险家就是在那里遇难了。天气不好，闪米特等天气稍微好转，立刻让自己下了水。他写道：“我不想等下去了，等待会消磨我的勇气。”接下来的文字读起来让人喘不过气，急流、险滩、漩涡，还有远超出人类控制的河水……

除了这些激动人心的文字和图片之外，他还做了很多沿岸考察。对于黄河沿岸的风土人情、环保状况都进行了深入调研。这部分内容也都是非常有价值的，我相信这也是探险家对社会的深层次回馈。

大声的传颂、热烈的声援和发自内心的尊敬，才配得上探索者们的英勇征程。当同事询问我，可否为这本书做推荐，我毫不犹豫地答应了。每一个不放弃梦想，并认真踏实去实现的探索者，都值得被尊重、崇敬。

人生有限，不容我们挥霍。人生无限，值得我们探索不止。

愿闪米特在今后的探险生涯中，一帆风顺，总能平安回家。

也愿每一位追梦者都能到达梦想的彼岸。

雷军

2017年6月

推荐序

奔腾了一百多万年的黄河，冷眼旁观着人类从遥远的非洲跋涉而来，在这里生活、繁衍，直至他们创造了整个中华文明。探险家闪米特以一艘独木舟从黄河源头顺流而下，化身黄河，用黄河的视角，解读黄河文明。用真挚的感情、真诚的笔触记录了黄河两岸人与自然的交错前进、各种文明的交融纠缠。故事很真实，也很精彩。

刘慈欣　著名科幻小说作家

很高兴中国也有这么热衷于用皮划艇去体验世界的人。闪米特是一位为了梦想，勇敢地活出自我的人。这样的人生，才是有意义的人生；这样的生活，才是健康、人性的生活。回归自然、贴近自然、体悟自然，探险无国界，通过他的文字，我仿佛进行了一趟黄河探险。

Freya Hoffmeister
德国人，世界顶级皮划艇探险家，曾用皮划艇环新西兰南岛，澳大利亚，南美洲，冰岛，现在正在环北美。

与其说黄河是位慈祥温柔的母亲，不如说黄河是条桀骜不驯的狂龙，百万年来，它怒号着甩动自己奔流入海的头颅，竖起砂土和砾石的鳞甲。今天，有个男人笃定地踩上了这头狂龙的背脊，脚踏着它的傲慢和暴怒毅然前行。激荡的漩涡曾经推倒过山岭，却推倒不了这个男人的信念。呼啸的激流曾经掀翻过巨轮，却掀翻不了这个男人的决心。这个划着独木舟与黄河搏斗的男人管自己叫闪米特，他说自己是个探险家，可是他划桨的背影在我看来，分明是个御龙的骑士。

河森堡　国家博物馆讲解员、知乎大V、微博大V

闪米特的整趟黄河漂流之旅取得了令人印象深刻的成就，无论是这次黄河远征的长度，还是他遇到的凶险激流，更让人钦佩的是，闪米特唤醒了大家保护河流的意识。能帮助闪米特使用世界一流的产品探险是我的荣幸，期待与他开启水上之旅。

格雷戈·巴顿　奥运金牌得主，世界冠军和epic皮划艇品牌创始人

按省份算，我已经接近于“走遍中国”这个目标。但是，当我闭上眼睛，想象整个国家轮廓的时候，我脑海里出现的并不是高铁站、飞机场附近的繁华城区，而是童年时爬山时挥汗如雨的疲劳，或是回忆少年时在乡村公路上伴着风声掠过一排排行道树。现代的交通工具固然便捷，却让我们失去了对广阔空间的真实体验。所以，我非常羡慕那些能用简单工具穿越这个国家的人，羡慕他们能用自己的肌肉和皮肤去感受这个国家，用自己的耳朵和眼睛和真实的世界交流。希望有朝一日我也能像作者那样，坐着简陋的小艇漂过黄河，写下一篇篇精彩的“流水账”。

马前卒　著名学者、思想者、
媒体评论人、知乎大V

自序——一个人的致命冒险

一个人要去探险，有很多种理由。冠冕堂皇一点的理由，有为国、为民、为社会的。比如，我的漂流前辈，30年前的长江漂流探险队、黄河漂流探险队，他们玩命漂流，是因为有一个美国人要做“人类历史”上漂流长江第一人，所以他们咽不下这口气。

也有人说，探险是为了把脚印印在人类没有踏足过的地方。还有人说，探险的魅力在于填补地图的空白。除此之外，还有各种形形色色、稀奇古怪的理由。

而我是一个例外。我去探险，去漂流，没有理由。在很多方面，我都是一个比较“将就”的人，或者说是“胸无大志”的人，我不太关心别人怎么看我，不太在乎存款是否比朋友少，不太担心老后是否会给国家添麻烦，对世界格局和民族主义也漠不关心。

只要有一口干净的水喝，有清洁的空气呼吸，能在美丽的大自然中自由行走，对于我来说，就已经是完美的人生了。

因此，我也不太好意思把那些太过冠冕堂皇的理由拿来装点自己的探险生涯。确切地说，我只是为了探险而探险，只是为了自己而探险。

探险本身，就已经有足够的魅力，让我为之神魂颠倒了。每一次我划着独木舟驶过各种水面，或海或湖或江或河的时候，都能够用一种大多数人没有尝试过的视角去观察这个世界。人是陆生动物，习惯了从陆上观察水上，而我则可以在水上观察陆上，水上观察水上。每一次有了新的发现，都让我感到无比的兴奋。

我已经习惯了用这种方式观察这个世界，而我也已经用这种方式观察过很多地方。我横渡了琼州海峡、渤海海峡、环渡完海南岛，穿越了西太平洋中的部分国家，之后，我开始了大河漂流，先是从我的家乡开始，漂完珠江2 500千米，然后又开始了黄河万里独漂。

黄河，被誉为中华民族母亲河，流经9个省份，全长5464千米，总落差4500米，其纬度跨越之大、地形地貌之复杂、气候／生态之多样，列国内水系之最。沿途恶劣的自然环境、凶险的水情、长达几百千米的无人区……

没有任何商业赞助，没有得到太多人关注，没有几家电视台、报纸报道这件事情，我就这样安安静静、简简单单地开始了。

这次漂流，不单是一次探险活动，我一半时间在水上漂流，一半时间在沿岸走访调查。每到一个城镇、乡村，都尽可能多地和当地人交流。我希望通过自己的镜头和文字，记录一下黄河近代的变迁和黄河边的人们最真实的生活状态。我也希望，通过这次漂流，成为最了解黄河的人。

这些故事，这些原生态的故事，有一种莫名的力量，能够直达人的灵魂深处，值得你反复咀嚼。

闪米特

2017年6月

DEADLY DRIFT

目录

第一章 梦想与现实的交错

初探黄河源头 001

走，漂黄河去 002

爱他就陪他一起疯 008

兵马未动，粮草先行 012

向梦想进发的路上 020

致命的高原反应 026

玩命的开车经历 034

让人窒息的美景 039

终到黄河源头 043

藏式起漂仪式 046

第二章

天堂与炼狱的距离

青藏高原上的致命威胁 051
五月的雪花 052
寒冷的味道 060
黎明什么时候才来 066
狼真的来了 074
悬崖上的苦行僧 079
正面遇藏獒 083

第三章

生与死的一线之隔

高原边缘的夺命激流 091

好奇害死马 092

生死博弈（上） 106

生死博弈（下） 110

野狐峡求生（上） 116

野狐峡求生（下） 122

第四章 峡谷与水坝的交替

黄河甘肃段的万种风情 127
黄河鲤鱼 128
遥望炳灵寺 132
空虚寂寞冷 136
刘家峡危机 143
盐锅峡奇遇 149
无法呼吸的兰州 158

第五章

人类与自然的交锋

"塞上江南"的黄河奇观 163
我不是一个懦夫 164
美味的羊皮筏子 169
失之交臂的南长滩 175
别样的塞上江南 179
一天九次掉进黄河 183
夺命的浮桥 188

第六章

历史与现状的交织

河套平原的传奇故事 193
成吉思汗俯瞰之地 194
兵家必争之地 198
那个坚强的男孩 203
小城故事多 210
穿越回十二连城 214
一个值得纪念的日子 220

附录 225

后记 232

第一章

梦想与现实的交错

初探黄河源头

壶口瀑布

走，漂黄河去

你对黄河的了解有多少？

我在自己的朋友圈做了一个小范围的调查，想知道周围的人对黄河究竟了解到什么程度。

香港中文大学在读研究生：

母亲河，黄沙量极大，形成地上河。壶口瀑布，几字形穿梭在黄土高原上。

清华大学钱教授：

对黄河的印象？一直说它是中华民族的母亲河，可真被问到时，才发现我对它的现状了解甚少。去年夏天曾到壶口瀑布陕西那一侧，呼啸奔腾而下的黄河气势磅礴，十分震撼。前些年在河南也曾到过黄河边，那里河面宽阔，水流从容静缓。不查资料仅说印象中黄河，水量逐年减少，泥沙量很大，水质估计也和我国其他江河湖泊一样，存在相当程度的污染吧。

律师事务所张律师：

很长，很黄。

广东电视台纪录片编导：

我想黄河由于天然的地理环境、遗留下的历史问题原因，现在水资源匮乏，加上污染程度高，浪费严重，情况不容乐观。

北京师范大学大二学生：

提起黄河想起小时候老师说，毛主席在黄河洗过澡呢。我对黄河的认识是：浑浊、多沙、脏。

我突然意识到，我们所有人，包括我，缺少对黄河的了解。

黄河，可以称得上是所有中国人的母亲河，然而我们对自己的“母亲”却了解得很少，这无论用怎样华丽的语言来辩解，都显得苍白。

我翻阅了很多关于黄河的资料，发现很大一部分权威资料来自美国、日本、欧洲。黄河就在自己身边，很多人甚至每天都能看见黄河，但是我想更深入地了解黄河，却要借助国外的资料，这对于号称“黄河儿女”的每一个中国人来说，都应该感到羞愧。

一次说走就走的黄河漂流

也许有人要问，我无缘无故的，为什么要查阅黄河资料呢？因为，我要漂黄河。

漂黄河是我早就确定了的行程。

我是一个热衷于水上冒险的人。

从 2007 年开始，我生命的大部分时间是在水上渡过的。

我用独木舟跨过了中国的三大海峡：琼州海峡、渤海湾海峡和台湾海峡。

我用独木舟环绕了海南岛。

我用独木舟从广东省的深圳划到了海南省的海口。

我用独木舟从泰国划到了柬埔寨。

我用独木舟把珠江完整地漂了下来。

……

漂完珠江之后，我就开始做漂黄河的准备工作。

与漂珠江相比，漂黄河更具有挑战性。如果说珠江是一个大多时候文静、偶然疯狂的女汉子，那黄河就是一个永远桀骜不驯、永远不知道妥协的中二症患者，而且还是病入膏肓、无可救药的重度患者。你永远不知道它什么时候会发作，因为它随时有可能发作，一发作就要惊天动地。在中国历史上，甚至是整个人类历史上，黄河都算得上是水患最多的河流之一，从春秋到清末，黄河有六次改道，每一次都要带走无数“黄河儿女”的生命，至于洪水、决堤等“小”灾害，更是数不胜数。

漂一条这样的河流，对任何人来说都是非常危险的。但是，危险这种东西，不正是需要面对与克服的吗？

我只是想用另一种方式看看这个世界

在20世纪80年代，有两件事情并称为当时中华民族的精神催化剂，一件是中国女排冲出亚洲走向世界，另一件就是黄河漂流。女排的故事流传甚久，但是黄河漂流的故事已经在江湖上失传很久了。那是1987年4月，几十个年轻人来到青海省的黄河源头，用在冒险家看来非常简陋的工具，开始漂流黄河。最终他们一寸不落地漂完了整条黄河，但是有7个年轻的生命消逝在黄河之中。

虽然，我无比敬仰这些前辈们，敬佩他们的勇气，但我漂流黄河的目的却

我就这样漂完了这条河

与他们不同。

我没有激励这么多人的远大志向，也承受不起这样的重担，我只是想多看看这个世界，想多了解这个世界，想用跟别人不一样的方式来观察这个世界。这种独特的方式，就是用独木舟的角度来阅读、理解这个世界。

我将把我坐在独木舟上看到的黄河，讲述给人们。我要告诉人们，黄河除了“很长，很黄，沙多，壶口瀑布”之外，还有很多精彩的故事。

一舟，一桨，一包，一人，谱写黄河的故事。

我估计，漂流黄河的每一天，对我来说，都是一个陌生的日子。

我坚信，一天天陌生日子的积累，最终，会让我揭开黄河的面纱。

爱他就陪他一起疯

我叫羚羊。

是一个名叫“闪米特”的男人的妻子。

有一个问题曾经困扰了我一段时间：

“黄河”和我有什么关系呢?

在遇到这个问题之前，我从来没有想到我会被这样的问题困扰；但是当这个问题以一种猝不及防的方式突然出现在我面前的时候，我就有些凌乱了。

在遇到这个问题之前，我关注的重点是工作，我知道只要再坚持几年，那个职位就唾手可得，这种信心，来自于我在这家世界500强企业里，一直以来如鱼得水的经历。领导、同事、客户、朋友，这才是我工作生活的重心。

有一天，闪米特告诉我：“我要去漂流黄河。”

我并不是很喜欢干涉他的兴趣爱好，我知道，作为妻子，应该留给丈夫足够大的空间，让他使劲去飞，尤其是对待像闪米特这种不折腾就不甘心的男人，更应该如此，倘若强行把他拉回来过朝九晚五、举案齐

爱他，就是要与他一起疯狂

眉的小日子，对他来说简直就是一种谋杀。

他参加过多次冒险活动，但我从来没有这样担心过。无论是他去渡南海，还是漂珠江，甚至是去人生地不熟的南太平洋，我都不是很担心。我这种出色的心理素质也是经过多年磨炼才造就的。他每次出发前，都会对我说："放心，一点儿都不危险，我保证不受伤，能平安地活着回来。"刚开始还有些提心吊胆，但是这话听多了，他平安回来的次数多了，我也就信了。以至于他现在出去漂流，就好像出去喝个酒、打个台球一样，随随便便打声招呼就行。

但黄河不一样啊！

桀骜不驯的黄河，曾经是那么的暴躁残忍，它只要释放一点点的力量，就让一个地区成灾，就可以让一个人尸骨无存。对黄河不能不心存敬畏！20世纪80年代大名鼎鼎的黄河漂流探险队，有那么多的汉子相互依赖，做了那么多准备，依旧有7位勇士遇难了。

如果对黄河不够敬畏，黄河是不介意把他的力量展现一下的，哪怕只是一点点，就足够让悲剧发生。

听到这句话时，我的第一个念头：就是不让他去，哪怕把他变成一个唠叨琐碎的小男人，也比成为一具冰凉的尸体强多了。而且，很有可能是尸骨无存。

但是看着他兴冲冲眉飞色舞的样子，阻拦的话却很难说出口。

我不由得对他产生了一些怨恨：为什么不和我一样，不和大多数人一样，在职场上有点儿小野心，想着努力多赚点儿钱，买大房子和好车子，实现财务上的自由呢？为什么非得要面对危险、面对黑暗、面对肉体的极度疲乏、面对死亡的恐惧呢？这样的生活就那么吸引你吗？

我想到这里的时候，突然有些怔住了：这些，不正是他吸引我的地方吗？当初我义无反顾地选择了他，不正是因为他敢于面对一切的勇气、永远不可压垮的坚韧、浑身散发的自信味道吗？如果他变了，不再是以前的那个他，那我能够像以前那样爱他吗？

我深深地知道，在我心里，他一直是一个伟大的人，是一个英雄，是一个生错了时代的英雄，误入这个不再需要英雄的年代。

这个英雄，不能折在我的手里。

这种生物，在这个时代已经绝无仅有了。

我应该像爱护大熊猫一样爱护他。

于是我决定辞职。

我爸说："你脑子烧坏了吧，这么好的工作要辞职？"

我妈说："你要纵容他到什么时候，如果他真的把命丢了，你再后悔还来得及吗？"

闺密说："你疯了吧。"

我脑子没有坏，也没有疯，我只是爱他。

爱他，就陪他一起疯吧！

黄河，我们来了！

兵马未动，粮草先行

梦想需要付出

漂流黄河，并不是头脑一热，把独木舟往肩膀上一扛，随随便便就可以出发了。这是一个历时两百多天、全程5 000多千米的漂流活动，要从海拔四千多米的青藏高原巴颜喀拉山启程，途中要穿越许多荒无人烟的无人区，经过青海、四川、甘肃、宁夏、内蒙古、陕西、山西、河南及山东9个省（自治区），最后漂流到位于山东省东营市垦利县黄河口镇境内的入海口。这样的大工程，要有无数的准备工作去做，要克服很多无法想象的困难。

我翻越大坝时的负重

我一直认为，梦

想是谁都可以有的，但要实现它就不是大多数人能够做到的了，是需要无数勇气和行动的。为了这次行动，我和羚羊破釜沉舟，把自己的所有家底都拿出来了，大概筹集了34万元。这是我们这些年所有的积蓄。要知道，购买装备、保障衣食住行等后勤，所有费用都包括在这34万元中了。

我已经做好了省吃俭用、勒紧裤腰带的准备。钱不宽裕，需要精打细算的事情太多了，要想方设法将这些钱都用在刀刃上，一分钱都不能浪费。很多使用频率不是很高的装备，则是能省则省。这么说吧，经过这一次的磨炼，我已经在考虑漂流完黄河后，是不是去找一家公司做采购了。

在这里，我详细将我在筹备过程中得到的经验和教训都说出来。

首先要考虑的是承重

一般来说，独木舟的承重为 120~150 千克，包括人自身的重量和所有行李装备的重量。所以，携带的所有装备都要进行轻量化，控制在独木舟的承重范围之内。而且独木舟舱体容量非常有限，所以除了要限制独木舟的装备的重量以外，还要保证携带的装备、行李的体积，能够装载到独木舟有限的舱体里面。

个人背负承重

因为要进行的是在黄河上单人独木舟漂流探险，所以必须要考虑到黄河上有大量的水坝，经过这些水坝的时候，需要上岸，背负所有的装备（包括漂流艇），翻山越岭，越过水坝。因此，装备的总体重量，决定了是否能背负装备进行长时间山野行进，到达下一个漂流点的关键。一般来说，公认的个人安全背负重量，不超过自身体重的三分之一。经验丰富的户外运动好手，背负重量一般也不能超过自身重量的百分之四十，不然，负重过大，将会对人体产生不可恢复的伤害。

独木舟要精挑细选

既然是漂流，那最重要的装备当然是独木舟了。我准备了 3 条独木舟，2 条激流充气艇和 1 条静水艇，分别应对不同的水文条件。

激流艇

长 320 厘米，宽 90 厘米。相对于静水艇，较宽的艇身，让人在非激流区域有比较好的稳定性。艇非常的轻，能够在遇到水坝的时候，折叠成很小的体积，放进背包里，背着翻山越岭，穿过水坝。同样也因为艇身过轻，在激流中的稳定性很弱，相对于普通的激流艇，对控艇技术要求更高，在激流中漂流，也比普通的激流艇更凶险。

静水艇

长400厘米，宽70厘米。静水艇比激流艇的速度更快，但因为艇身较窄，并不适合用来应付黄河上游的激流河段，而且船舱只能容纳一个屁股的位置，所以人坐在艇里，不能进行任何的挪动，例如不能站立或蹲起，也不可能在艇里面睡觉、休息。

导航设备非常重要

在黄河里漂流，虽然方向确定，只要一直顺流而下就行，但是导航设备依然是不可或缺的。我的选择是指南球。

我为什么放弃专业高精度的GPS而选用原始的指南球进行导航呢？在现代航海中，GPS卫星导航，基本上已经取代了指南针的位置，给现代航海提供精

这是静水艇，船头和头盔安装了 gopro 摄像头

确的实时位置、航线导航、路线规划等。但专业的航海GPS，体积对独木舟而言，过于庞大，像一台小型电视机一样的航海GPS仪器，根本无法安装在空间狭小的独木舟上。而且航海GPS的运作，需要持续的供电来维持，而独木舟没有动力，也没有能源供电系统给航海GPS进行供电。还有一个问题是防水，航海GPS本身设计是在船只上使用，船只内部不需要考虑防水，而在独木舟上，

烧水的气炉和钛锅

无法给航海GPS提供一个不受海水侵蚀的环境，所以航海GPS放置在独木舟上，极可能会被海浪卷起的海水浸泡而损坏。

因此，我使用了比较古老的指南球。指南球，是指南针的一个变种。普通陆地上使用的指南针，需要把指南针水平放置，才能正确工作。而在水面上，独木舟会不断摇晃，指南针无法保持水平正常工作。而指南球，里面的不倒翁球体代替了指针，它不会随着外壳抖动而抖动，始终保持水平，可以在波涛汹涌的水面有效工作。

其他工具

（1）打火石

火柴、打火机在户外恶劣的条件下，很容易失效而无法使用。打火石，是在户外探险中，最可靠的获得火种的工具。

（2）充电器具

我主要带了下面的一些设备。

①太阳能充电板。较为方便，但如何防水是一个很重要的问题。上岸后，虽然不用再考虑防水问题，但往往已经天黑，没有太阳，也无法获取太阳能量。

②手摇发电机。提供的能量非常有限，而且需要不断地用手摇动发电，对于劳累了一天、极度疲惫的人来说，非常艰难。

③热发电系统。通过燃烧的热量产生电能，给电子设备充电。跟太阳能充电板对比，它可以在没有阳光的情况下，持续地输出电能。但需要柴火燃烧提供电能。

除此之外，还带了充电宝和大量电池。

（3）刀具

刀具的发明，是人类与其他动物区别的标志性工具之一。刀具在野外可以帮助我们对抗比人类强大的野兽；人类在野外制作各种生存工具都要依靠刀具；在漂流探险中，遇到意外和困局，例如被绳索缠绕，必须借助刀具割断绳索逃生。

物资清单

4 月 20 日，我们从珠海出发的时候，所有物资、补给装了满满一车。

漂流装备	后勤装备	补给物资
2 条激流充气艇和 1 条静水艇	2 个 R 值 4.9 高寒充气防潮垫	4 箱压缩饼干
2 套激流河段桨及 1 套静水桨	2 个低 R 值自冲防潮垫	15 斤干鱿鱼
6 条睡袋	1 套太阳能充电板	5 斤干冬菇
3 顶帐篷	头灯、手电、夜航船灯	15 斤腊肠
7 个登山包	手机导航、气压表各 1	30 包快食米饭
1 个漂流头盔	保温水壶、过滤水壶、钛金属	2 斤螺旋藻
1 套安全带	水壶各 1	5 斤铁观音
1 根 40 米 8 毫米探险主绳	1 台微单相机	5 斤红茶
1 根 10 米 6 毫米辅绳	2 台 GoPro 运动摄像机	1 箱巧克力
1 个 ATC 下降器	2 台索尼运动摄像机	1 袋大米
1 个手式上升器	1 台尼康三防相机	20 斤挂面
1 个胸式上升器	1 个三脚架	20 瓶炼奶
1 套连体干式防水服	2 个八爪鱼摄像架	10 斤猪肉干
1 个湿式保暖头套	1 个自拍杆	1 箱榨菜
1 个漂流探险药包	1 个三轴摄像稳定器	
1 个长途旅行药箱	3 个 60 升大耐磨防水袋	
2 件救生衣	2 口高压锅	
	1 个单人轻量化聚热锅	
	1 套营地套锅	
	1 套汽车轮胎修补装备	
	1 套汽车轮胎充气泵	
	2 套汽车防滑雪链	

优哉游哉的马儿

向梦想进发的路上

奢侈的梦想

很多时候，梦想只是人生的奢侈品，不是每个人都有勇气去追求的。

因为实现梦想是需要付出代价的。坐在狭窄的格子间，做着只为糊口的工作，却奢望梦想能够平白实现，那梦想就永远只是梦想而已。

甘肃依旧是一片冰天雪地

我不愿意沉溺于自己的“舒适区”，过着朝九晚五、一成不变的日子，偶尔从凌乱的办公桌上抬起头来，为自己的梦想叹息一声。把梦想放飞，为梦想努力，为梦想冒险，百折不挠，一往无前，风雨兼程，才是我真正想要的。

我和羚羊开着一辆破旧的越野车，载着满满一车的装备，向着梦想的方向出发了。

心底最柔软的地方

这一次漂流，是我第一次有机会享受后勤服务。之前无论去哪里，去多久，后勤工作只能是自己兼任。羚羊偶尔会去探探班，拍几张不被杂志社嫌弃的照片，顺便体验下与城市不一样的风情。但是这一次，羚羊决定离职做后勤，这对她来说，是一次比较大的挑战。

说实话，我对此有点儿担心，冒险真正的困难，她从来没有经历过，也许这些年她因为我的缘故，见过不少，听过不少，但是跟真正的亲身体验差别还是非常大的。而且这种一知半解，比刚接触更危险，因为丧失了那种警惕性。

我了解她，知道她是一个坚强的女孩子，不管遇到多大的困难，都一定能够坚持下去，但我还是不由自主的心疼难受。因为我的心底有一块地方，永远会因为她而变得更柔软。

一路风雨兼程

第一天：4 月 20 日，广东省珠海市—广东省英德市，300 千米。

第二天：4 月 21 日，广东省英德市—湖北省天门市，890 千米。

第三天：4 月 22 日，湖北省天门市—陕西省宝鸡市，900 千米。

第四天：4 月 23 日，陕西省宝鸡市—青海省西宁市，780 千米。

第五天：4 月 24 日，青海省西宁市—青海省玛多县，500 千米。

从广东省珠海市到青海省玛多县，我们俩轮流开车，一共用了5天，一共走了3 370千米。一路风雨兼程，丝毫不敢因为路旁的美景而驻足，因为我们听说，青海省玛多县那边的路并不好走，而且我们也希望多留出几天的时间来寻找黄河源头，以免出现计划之外的变数。

第一天只走了 300 千米，到了广东省英德市就停下来了。上午是因为车出问题了，下午则是因为有一场暴雨不期而至。这也算是一场开门红吧，第一天就如此波折，不知道是不是预示着什么呢？

第二天和第三天，两人轮换开车高强度赶路，一路无话。

第四天比之前两天更累，因为路况变得不太理想。宝鸡到西宁的甘青高速，基本上是在群山中婉转穿梭。到处是云梯一样深不见底的高架桥，还有不计其数的穿山隧道。

飞虫和牛羊

隧道最密集的一段路，在甘肃到青海边境，连续过了 14 条隧道，最长的那一条隧道有 10 千米长。尽管如此，这条高速公路依然弯弯曲曲，起伏不平。大量的急转弯和坡道，以及无处不在的维修路段，让这段行程变成了高强度的体力劳动。

羚　羊：怎么挡风玻璃每天擦，还这么多脏东西，一打灯眼都花了。

闪米特：都是撞到玻璃上死掉的小飞虫尸体。

羚　羊：那我们这一路岂不是杀生无数？

闪米特：所以，我很严肃地认为，和尚尼姑不应该开车。

羚　羊：噗……

幸好，还有窗外的风景可以让焦躁的情绪平静下来。尤其是宝鸡到西宁的路旁，开满了鲜黄的油菜花，一望无际，非常壮丽。

第五天，是从西宁出发的。出了西宁不远，下高速后，就到了辽阔的高原草原上，居然并排着两条柏油路。这两条路的周边都是一望无际的草原，车少人稀，时速开到100千米也很安全。

路上看见一个很奇怪的警示牌，长方形的蓝色警示牌上，并排画着两个黄色的三角形，一个里面是头牛，另一个是“慢”字。莫非这条路也有牛马羊的份？

果然，开了没多远，有一大群灰白色的羊，点缀在枯黄的茫茫草原上。看见我们的车经过，也会有羊抬起头来，用漠然的眼神打量着我们。

偶尔有羊要过马路，去吃路那边的草，它们就会抬起腿来，优哉游哉地踏在马路上，再优哉游哉地用方步踱过去，而车只好停下来等着它们。

这为什么会被认为是卖海鲜的？

我不是卖海鲜的

中午到达了海南。这个海南是青海省青海湖南边的海南藏族自治州，不是南海上的那个海南岛。

因为青海湖名声远扬，又是青海的心脏地带，所以青海很多地方的命名，都是以青海湖为中心的。青海湖东边是海东市，南边是海南州，西边是海西州，北边是海北州，都是地级市。在这里，我们吃了一顿像样的午饭。这几日为了节省时间，我们都是在高速路上的服务站吃饭。和前几年相比，服务站的饭菜质量有了很大的提升，基本上所有的服务站都有自助餐出售。羚羊平时吃饭像猫一样少，只有在吃自助餐时显得特别豪气，堆了满满一碗，还不停地对我说，多吃点儿，别亏了。

我们准备开车继续前行时，看见一哥们直愣愣地盯着我们车身的“闪米特黄河漂流”标识。见我们开车门，好奇地问：“你们是卖海鲜的吗？”

我脑海中直冒黑线，这哥们到底是怎么把黄河漂流与卖海鲜联系起来的？

晚上到了海拔 4 300 米的玛多县时，羚羊开始出现严重的高原反应了。

致命的高原反应

西游第一难

一路西行，不知道为什么，我突然想到了唐僧。其实唐僧没有被李世民封为御弟，也没有官府发放的“过关文牒”，他也是偷渡出去的。他为什么非要去天竺呢？因为当时流传到中土的经文并不多，而且由于翻译和注解不同，导致各流派对经文的理解有很大分歧。唐僧西行之前游历过多地，学习过各流派的佛法，对中国佛学流派的认识已经到了极致，要想进一步深造，必须去天竺。可以说唐僧为了梦想，以一个文弱和尚的身份，踏上了一条未知之路。

真实的唐僧取经第一难，应该是政府的禁令。小说里的唐僧，取经第一难是出城遇虎。而我遇到的第一难是什么呢？毫无疑问，那就是高原反应。

高原反应在海拔3 500米以下的发病率占37%～51%，3 600～5 000米的发病率占50%。

3 000 米以上的高原地区，大气压中氧分压降低，未经适应的人对低氧环境不适应，容易造成缺氧而引起一系列的不适。羚羊出现的症状是低烧和头晕。

高原反应开始

这是我万万没想到的，毕竟西宁的海拔只有 2 200 米，而羚羊去过香格里拉，还徒步过虎跳峡，这两处的海拔都比西宁高，她也一直

观高原美景，防高原反应

是活蹦乱跳的，为什么偏偏到了西宁就有高原反应了呢？

开始我只是简单地以为，是连续几天高强度开车，让她有些疲惫了，因此身体的抵抗力下降，出现了一点儿感冒症状，没必要大惊小怪。在快到达西宁的高速公路上，羚羊一反她往常保守的开车风格，一度飙到了140千米。高原反应症状有时和轻微醉酒的状态有点儿像，我当时只是感觉有些奇怪，竟然没想到这一点。

到了西宁后，一路上找宾馆，又耗费了很多精力，好不容易找到一间宾馆，但没有停车位。我俩把车停在路边，扛着大包小包爬楼梯，真是累成了狗。估计这会羚羊也精疲力竭了。

这家宾馆的房间很小，只能容得下一张床。进房间没一会儿，羚羊就说不舒服，很快就开始微微发烧。我赶紧让她躺下休息，拿出自带的电壶烧开水给她喝。喝了几口，她就不乐意喝了。我赶紧去车里拿炼奶和滇红，冲她最喜欢喝的奶茶。

西宁的夜景

我会死吗？

虽然在外面只能冲这样的简易奶茶，但它的确是好东西，补充水分的同时还能补充糖分和蛋白质。血糖浓度的提高既可以帮助提升免疫力，也可以鼓舞人的士气，这是我多年探险总结出的经验。

半夜，羚羊醒来，推推我。

羚　羊：我会死吗？

闪米特：不会的。

羚　羊：要是死了呢？

闪米特：那就没人给我开车做后勤了。

羚　羊：滚……

闪米特：你死了，我会很害怕。

羚　羊：害怕什么？

闪米特：害怕一切东西。

羚　羊：放心吧，姑奶奶命硬得很。去，冲杯奶茶去。

闪米特：喳。

这时的我，依旧没有意识到问题的严重性，虽然羚羊说到了“死”，但研究“死”是她一直以来的爱好，况且她还有力气跟我开玩笑，可见确实不严重。夜里，确保羚羊每半个小时喝一杯热水，她的呼吸慢慢变得平稳下来。我摸摸她额头，还是微微有些低烧。

好像是熬过去了

我有些犹豫是不是要改变这一天的行程。原本的计划是从西宁直接开车到480千米外的玛多县，但是那里的海拔有4 300米，比西宁高了2 100米，这个方案确实有点儿太激进了。我最后决定把原计划一天的路程分成两天走，中间在海南州休息一天。海南州的海拔是2 800米，在这里待一晚，可以让羚羊慢慢适应一下。

到了第二天早上，羚羊好像完全恢复过来了，烧也退了，头也不晕了，人也有精神了。一般来说，轻微的高原反应对人是没有多大影响的，适应一段时间症状就会自然消失，甚至不用吃药，看来羚羊的适应能力还是很强的。那到底是依照原计划直接到玛多，还是要在海南州休息一晚上呢？先不管那么多，到海南州再说。于是一早出发，中午就到了海南州。

在海南州高速服务站吃午饭的时候，羚羊把面条里的花椒，一颗一颗地挑出来，非常专注。我仔细地观察了她一小会儿，看她那么认真和专注，似乎精神状态完全没问题了。再联想到她以前也曾经去过海拔更高的地方，就觉得这次高原反应该是一个无伤大雅的小插曲，于是决定按原计划去玛多县。

高原反应再次来袭

玛多县隶属于果洛藏族自治州，从海南州到玛多县，要经过阿尼玛卿雪山。

阿尼玛卿雪山有些欺生，稍微向我们两个外地人展示了一下它莫测的威严，在几个小时的时间里，依次展现了艳阳高照、下雨、下冰雹、下雪四种不同的天气。

羚羊非常兴奋，似乎已经完全忘掉了昨晚在西宁的不舒服，兴致勃勃地去观景，去拍照。遇到每一个美景，都要下车瞻仰一番，不管是下雨、下冰雹还是下雪。

可阿尼玛卿雪山的威严，是不容侵犯的，到了晚上羚羊就明白这个道理了。在玛多县入住不久，羚羊先开始头晕，紧接着开始发烧，而我的脑袋也开始嗡嗡响。这种感受与早几年我第一次上雪山的状态很像，心知现在我俩都不能过多走动了。

玛多县温差很大，夜幕降临后，气温突降，风也开始猛烈起来。穿上羽绒服到外面去采购点儿材料想煮锅汤，可惜店铺关门了。只好烧开水，让羚羊喝热茶、吃压缩饼干充饥。这次行程预计耗时十个月，所以准备了非常多的物资，塞满了车厢，使得部分有用的物资不好找出来，也不敢在如此低温下，到车上长时间翻找东西。只好尽量利用宾馆内设施了，招呼羚羊喝水的同时，自己也得不断补水。

高原反应的症状不包括发烧，但羚羊发烧，可能是下午她一个劲去车外面拍照引发了感冒。我记得下午那会儿车内和车外的温差非常大，在车内只需要穿一件薄毛衣就可以，去车外就得把厚厚的羽绒服穿上。感冒让羚羊本来已经缓解的轻微高原反应复发并加重了，甚至有可能引发更严重的高原肺气肿，这是很危险的。

我在几年前第一次上雪山的时候，也曾经被高原反应折磨，但那时的条件非常艰苦，只能围着火堆烤火。领队带了一大堆普洱小沱茶，10 多克一个的小沱茶，每人分一个，大家防治办法就是泡沱茶和喝沱茶。相比之下现在的条件这么好，客房里有暖气和电热水壶，还怕克服不了这小小的高原反应吗？我一个劲地在心里给自己打气。

热水与盐水

呼吸急促的羚羊躺床上哼哼着，我的工作是不断地烧开水灌到保温瓶里。

但是4 300米的海拔让沸水的温度只能达到75℃，即使灌到保温水壶里，也很快就凉了，我看着表，每15分钟叫羚羊起来喝一杯水。就这样几乎折腾了一晚上，我都不敢怎么睡，羚羊一听见响动，就条件反射似地说要喝水。一晚上不停地烧水，到第二天早上，羚羊依旧没有一点儿缓解的迹象，我自己也还是感觉口渴，虽然已经喝了那么多水，去了那么多趟厕所。

我出去买了点包子，羚羊吃不下。我有些着急了，想想是不是要送她去医院。但羚羊怕打针，我也想再看看能否用自己的经验解决。在西宁是通过不断喝水缓解了高原反应，为什么到玛多县就无效了呢？既然高原让人耗水量增加，那身体的盐分、矿物质也会跟激烈运动一样，大量的流失了吧。想到这些，我赶紧用温水调配盐水，加氨基酸给羚羊喝，自己也坐床边喝了几杯盐水。

高原反应退场，继续出发

中午的时候给羚羊和自己把脉，心跳依然急速，但心压下降了。羚羊的烧还没有退，呼吸倒是平缓了许多。再次喝盐水的时候，她说水太咸，我松了口气。这是一个很好的迹象，估计是她已对盐分的需求度下降，而身体的敏感度也有所恢复。

把盐水稀释之后继续补水。到晚上再测心跳，之前那种冲击指尖的刚硬脉动，变得柔和了许多。羚羊心跳从120下降到105，我从94降到了83。

到了 26 日早晨六点，羚羊已经退烧了，只是浑身无力，估计是没怎么进食造成的。于是决定在玛多县多休整一天。后续她有反复低烧的现象，不过人倒是精神了许多。

到了27日早晨，两天的严重高原反应终于缓解了。我们终于可以继续上路，去寻找黄河的源头了。

这就是阿尼玛卿雪山

高原反应终于好转了，准备出发到黄河源头

玩命的开车经历

老司机的新问题

说起开车，我算是一个老司机了，羚羊的驾龄也不短。因此在出发前，我们两个老司机出于对自己车技的自信，习惯性地没有过多估计开车的困难。万万没想到，我们两个见多识广的老司机也终于遇到不敢开的路了。

其实这也不能怪我，你可以设想一下：在珠海的街道上进化成了老司机的我，来到了青藏高原这样的地方，行驶在这样用石头垒起来的路上，只要还敢上路就应该被人赞一个！

这边的路到底有多难开，究竟会遇到哪些困难，且听我一一分解。

车也会耍脾气

在羚羊的身体好转的那天早晨，我们准备从玛多县城出发，前往麻多乡。

路程大约有200多千米，要经过鄂陵湖、扎陵湖、星宿海等心慕已久的地方。说实话，我心里是很有些激动的，前两天因为高原反应而产生的负面情绪一扫而光，羚羊也跟我一样兴奋，完全看不出前两天还躺在床上哼哼唧唧。

但我们很早就起床，一直折腾到中午才出发，这不是因为我们的效率低、执行能力差，而是因为我们的车耍脾气了，用尽了各种办法都打不着火。万般无奈下，只好向当地人求教，这才知道原因，是这两天气温降低，柴油车很难启动。当地人告诉我们一个解决的好办法：给车晒晒太阳，也许它晒高兴了，就可以打着了。

没辙，这辆破车从海拔 100 米的珠海，一直开到了海拔 4 300 米的玛多，算是劳苦功高了，也得容许它耍耍小性子，发发小脾气。

就这样一直折腾到中午，车晒够了太阳，才终于启动成功。

车在石尖上跳舞

你以为，车能够发动就算万事大吉了吗？错，你实在是太幼稚了。连接玛多县与麻多乡的道路，号称石子路，也就是用从山上采集的坚硬锋利的片状黑青石（古老的层压火山岩）铺垫而成，一横一横的像排骨，也被称为排骨路。车开在上面像跳舞，跳着跳着便有了车要散架的感觉。

而且这种石头非常坚硬，边沿锋利，高速行驶的汽车在这样锋利的薄片岩石上跳动，不断地与石片冲撞，不光是颠簸，而且车胎很容易被石头戳破。我们也跟当地人讨教过，当地人摸透了排骨路的特性，告诉我们如果时速超过五十千米，车就一直悬浮在排骨路的石尖上，反而会变得平稳起来。那感觉有点儿像高速快艇在浪尖上漂浮，因为没有跌到浪底的过程，反而不那么颤抖。

但坏处是，车在浪尖上跳动，控制车容易出问题，不能进行角度过大的拐弯，不然车会因为与道路的摩擦力不足而飘移飞出马路。

在这样的路上行驶，当然很损耗车胎了。

据补胎店老板说，在这条道上跑的车，车胎两三个月就得报废。

被诅咒的车胎

第一次在这种路况开车的我们，自然不敢像当地人一样时速开到 50 千米以上，只敢小心翼翼地把车速控制在 20 千米，结果到了招待所门口，左前胎还是被一根牦牛骨扎破了。

功高劳苦的老爷车

补胎的老师傅头发花白，不会讲普通话。我们连比带划地沟通，他在冰天雪地里手脚麻利地帮我补好了，收了 45 元钱。

第二次再上路去“天下黄河第一桥”时，就按照本地人的习惯来开，时速超过了 50 千米，但回程时右后胎依旧被一块黑青石扎破。

又到了那家修车店，老师傅不知道上哪儿去了，找了他的儿子帮忙补胎。少当家能讲一些方言腔调很浓厚的普通话，表情带着怜悯，给我补好了胎，依旧只收了 45 元钱。

第三次又去“天下黄河第一桥”寻找下水点，结果右后胎被石子扎破。所幸这次有摄制组请的刘师傅随行，手脚麻利地帮忙补好了车胎。

这几天几乎每天都要经历一次爆胎。

刹车失灵

之后我开始在黄河里漂流，羚羊开始了单独一个人开车的经历。这是对羚羊车技的一次重大考验。羚羊说，在如此荒凉颠簸的高原一个人开车，无论是看到人还是看不到人，都让她感到恐惧。

有一次，在与我会合的路上，羚羊发现刹车时灵时不灵，只能靠减挡来减速。一个急转弯，怎么踩刹车也没效果，只能硬着头皮直直冲到土坡上，靠山坡来刹停车，然后重新启动再拐弯。

她说，撞上土坡的那一刻，她哭了一小会儿，然后下车照了张相，继续开车找我。看《海贼王》的时候，羚羊说里面有句话很走心：一个人的死，对于这个世界来说不过是多了一座坟墓，但对于相依为命的人来说，却是整个世界都被坟墓掩埋。所以不信神佛的她，也有了侥幸心理，看到神佛经幡都要静心拜一拜：希望神能保佑，我们一直这么相依为命下去。万一这些神真的有灵呢?

我们的车经常出状况，不光只是刹车有问题，它还坏了一扇门，一扇窗，车厢锁坏了，撞坏了前盖，雪天里要让它晒太阳，给它装雪链……它就像一个被宠坏的老头。

但我们却也只能迁就着它，除了因为这辆老车劳苦功高外，还因为在这里修车的地方太少，要开好远找好久，还有可能会遭遇比较奇葩的经历。

修车的困扰

很多在大城市里生活的人，都有一种习惯看法，认为这些偏远地区的人是很淳朴的，其实这只是一个错觉。我的老爷车前盖被撞坏之后，就去找修车厂修了。修车厂的老板说，给200元可以把前盖卡勾焊上。但是老板焊接失败，建议我们换前盖，不过要给一天时间拿配件。有点儿犹豫又要多耗一天时间，但看看摇摇欲坠的车牌，还是决定换吧。开始老板说拿高仿的前盖800元给我们，后来又商议说不如拿原装货1 200元。

羚　羊：你怎么不和老板讲讲价呢。

闪米特：算了吧，1 200 元也不离谱，这里人都挺淳朴的，放心吧。

谁知等第二天到货的时候，才发现“原装”前盖就是软软的薄薄一层，不扶着都很难立稳，上面中盖的三个孔，有两个没完全打穿，一看一摸就知道是劣质品。但是老板坚持说，这就是原装正品。理论了一番，不敌老板的我只好打电话让羚羊赶来救场。

我们经常开在这样的路上

羚羊出手果然不凡，老板落了下风，为了证明自己也的确是被朋友坑的，他走得远远地给朋友打了个电话后告诉我们，前盖虽然不是原装品，但是高仿品，我们给 800 元就可以了。

羚羊继续出击：老板，我们在你这里修车，你开什么价我们都没还价，是因为信任你，但也不带这么糊弄人的，你觉得这是高仿品吗？

老板这次没避开我，当着我的面给他的朋友打了个电话，说人家都看出来了，以后我再也不去你那里拿货了。老板挂掉电话后说，你们给600元吧，我就是用600元从朋友那里拿的。

最终，老板报了 350 元的价格，说这就是他拿货的价格，一分钱不多收我们的。

羚羊：你还说大家都很淳朴呢。以后谁要再跟我说，越穷的地方人越淳朴，我就赏他一板栗。

但说实话，这里的人还是很实在的，即便是有时候想做点坏事，手段也是比较初级的，会被一眼看穿。但这不免让人又生气、又好笑、又悲哀。

让人窒息的美景

惊悚的美景

即便遭遇了爆胎、高原反应等重重磨难，但终于苦尽甘来了，终于可以近距离赏玩美得让人窒息的鄂陵湖了，终于见到了白色的“查灵海”扎陵湖了，终于见到了久闻其名的星宿海了……

按理说应该很激动，很震撼，然而该有的激动和震撼却因为对未知的恐惧而打了折扣……

羚羊说，在一个没有人类以及人类建筑的地方，在一个没有手机信号、数据信号的地方，在一个担心狼和藏獒随时出现的地方，总觉得那些辽阔草甸和茫茫雪山，散发着一股让人喘不过气来的气息……

人在有安全感的时候，看着高山、草原、冰河，会觉得震撼和惊艳；没有安全感时，无论看蓝天白云还是辽阔草原，都觉得它隐隐透出一股不安。你不知道天空会在什么时候突然下冰雹，草原上什么时候会突然出现藏獒和狼群。

冰封的鄂陵湖

鄂陵湖又叫作鄂灵海，古称柏海，藏语称错鄂朗，意为蓝色长湖，是指鄂陵湖水色极为清澈，呈深绿色，天气晴朗时，天上的云彩，周围的山岭，倒映在水中，清晰可见。但我和羚羊来得不是时候，整个鄂陵湖都被厚厚的冰层覆盖，没见到蓝色的湖水，只看见一片白茫茫无边无际。

鄂陵湖，是松赞干布迎娶文成公主的地方。

当时还不到二十岁的文成公主，在唐军的护送下，来到了鄂陵湖，与早已等在这里的松赞干布相会。那时候的她，心里应该也是忐忑不安的吧，像天边一样遥远的吐蕃，从来没有见过面的丈夫，根本没有办法想象的未来，让这位被皇帝认为干女儿的宗室女，除了惆怅之外还有无尽的恐惧……

也许，那时候的文成公主在面对美丽得动人心魄的鄂陵湖时，也许与此时的羚羊一模一样，感觉高山、草原、冰河等，都透着一种不安，也会让她心生

鄂陵湖结实的冰面

恐惧吧。

刨除这些主观情绪，实事求是地说，鄂陵湖是一个异常美丽的地方。美得让人心旷神怡，让人心胸开朗。

灰色的扎陵湖

黄河从卡日曲和约古宗列曲发源后，经星宿海流到这里，被巴颜郎玛山和错尔朵则山所阻，形成了黄河源头一个巨大的湖泊——扎陵湖。“扎陵”是蒙古语，意为“灰白色的长湖”，古称“柏海”。

扎陵湖与鄂陵湖是一对姊妹湖，扎陵湖在鄂陵湖的西边，中间只隔了 10 千米的小土丘，这座小土丘叫作措日尕则山，上面就是牛头碑，遗憾的是由于高原反应耽误了几天，没能抽出时间上山去。

扎陵湖心有一个小岛，候鸟群集，是青海的著名鸟岛。鸟儿最多的时候，飞翔在上空的鸟群遮天蔽日，“嘎嘎”的鸣叫声，几里以外都能听到。

扎陵湖里有很多水鸟

青藏高原的湖泊有一个很明显的特点，就是没有渔船的惊扰。这里的牧民是没有吃鱼习惯的，所以在这个水天相接的地方，不用担心会有突然出现的渔船来打破寂静。

鄂陵湖与扎陵湖是黄河漂流的必经之地，已经到了 5 月份，却依旧冰封，我只能期盼天气尽快转暖，好让我的船能够顺利下水。

迷人的星宿海

告别鄂陵湖与扎陵湖，下午六点左右我们到达了星宿海。羚羊很喜欢这个地方，说这个名字给人一种浪漫到心灵深处的感觉，而且在看过一部日本拍的纪录片《寻找星宿海》后，我们也感觉它的美景无愧于这个烂漫的名字。我俩都很渴望一睹它的真容。

黄河流到此处时，由于地势变得平缓宽阔，河水流速变缓。四处流淌的河水，形成大片沼泽和众多湖泊。

在这不大的盆地里，竟然星罗棋布地分布着数以百计的大小不一、形状各异的湖泊，大的有几百平方米，小的仅几平方米，登高远眺，这些湖泊在阳光的照耀下，熠熠闪光，宛如夜空中闪烁的星星，星宿海之名大概由此而来。

《寻找星宿海》的日本摄影团队当时应该是晚上爬到山顶拍的星宿海，他们拍出的效果，不用解说，就能让人明白这里为什么叫“星宿海”。可惜我们没有专业的装备，无法用我们的镜头诠释出星宿海的美。

本来计划在此露营，想看看夜色下的星宿海是否和纪录片里的一样美，但下车之后，凛冽的寒风猛吹过来，吹得我们站立不稳，宣告着它的不欢迎，这一下把我们看夜景的雅兴吹没了。

羚羊担心我们的帐篷抵御不了这样的寒冷，也更担心一直让她不安的、存在于她的幻想中的狼。于是只好摸黑前往麻多乡。

终到黄河源头

深夜十一点半

开始我是不愿意走夜路去麻多乡的，但羚羊执意要走，即便我把所有的风险都夸张地告诉她，甚至首先使用了“核武器”——路上可能会遇到狼来吓唬她，居然也没有起到作用。因为在星宿海，她已经觉得狼马上就要来了，我还要用可能遇到狼的风险来劝阻她，自然没有作用了。

鉴于羚羊对“狼”的强烈恐惧，我实在拗不过她，只好从星宿海出发，继续前往麻多乡，还好这里 8 点半才天黑，我们还有时间。

没有路灯，排骨路颠簸得要让人吐出来，出状况的概率很大，而且在这前不着村、后不着店的无人区出了问题，可真得要喊天天不灵叫地地不应，到时候，羚羊幻想中的狼可能就会真的跳出来，那可就麻烦了。

路上越来越难走，一路都坑坑洼洼，我这才发现原来所谓的排骨路反而是经过修整的优质路。一路上我都不敢开快，但也不敢再停留，怕一降温，车又打不着火。

车外依然是雨夹雪，晚上十点的时候，看到一个黄河源头的路牌，显示离源头还有 80 千米。

偶有牧民的藏獒跟着车狂吠，我就奇怪这些藏獒怎么这么大胆，连大块头的车都想攻击。

羚羊说她的肚子都被颠疼了，我一再减速，有的路段时速不到 10 千米，终于在午夜十一点半的时候到达麻多乡。

这里就是我要下水的地方

玛多县有个很别致的称呼，叫作“天上的玛多”，这个外号的蕴意和“上有天堂，下有苏杭”的蕴意正好相反，意思是这里非常高，快到天上了，“高处不胜寒”。

玛多到底有多高呢？平均海拔 4 300 米以上，是整个青海省海拔最高的一个县，也是中国海拔最高的县之一。

那玛多到底有多冷呢？年均气温 -4.1℃，大气含氧量仅为海平面的 57%。我们来到玛多时已经是四月末，但这里依旧是一片寒冬景象。

而麻多乡的气候比玛多更加恶劣。麻多乡是玉树藏族自治州曲麻莱县辖乡。麻多乡说是一个乡，可能比内地的一些县都要大，当然，这也是人烟稀少的青藏高原的常态。比如说，麻多乡距离曲麻莱县政府驻地约改镇，有220千米，而广州到深圳，大约是120千米，中间还隔着一个东莞，北京到天津的距离也差不多是120千米，由此可以看出，这里是多么的地广人稀。对了，曲麻莱县的总人口是3.2万人，大约是一个大型小区的人口，而它下辖的麻多乡能有多少人口，更可想而知了。

这个“无人区”，就是我要下水的地方。

到底哪个是黄河正源?

黄河的源头到底在哪里呢？关于这一点，有很多争论。

在唐宋时期，星宿海被当作黄河的源头。

元朝时期，政府对黄河源头进行了考察，有人根据调查写了《河源志》一书，明确指出黄河发源于星宿海西南百余里处。

在黄河源头，一共有三条河汇入了星宿海，分别是扎曲、约古宗列曲、卡日曲。

黄河真正的源头就是这三条之一。可到底哪一条是正源呢？

扎曲是三条河当中最北的一条，发源于查哈西拉山，长有 70 千米，但是河道窄，支流少，水量有限，一年中大部分时间断流。

约古宗列，本是藏语，意思是“炒青稞的锅”。因为这里的地形是一个群山环绕的盆地，非常像一口锅，盆地内有 100 多个小水泊，远看像是无数晶莹闪亮的珍珠嵌在盆地。在盆地的西南面，有一个小泉，清澈的泉水不停地喷涌翻滚，汇合了盆地内浸渗出来的无数涓涓细流，逐渐形成了一条宽约 10 米、深约半米的潺潺溪流，就是约古宗列曲。

卡日曲，也是出自藏语，意思是“红铜色的河”。它发源于巴颜喀拉山北麓，源头是5条从山坡切沟流出的小泉，最初的河道只不过是一条宽约1米、深不及1米的潺潺溪流。这条溪流从平坦而又狭长的卡日曲河谷流过，沿途汇入了大大小小的众多支流，逐步汇成了一条宽约10米多、深1米多的小河。两岸有无数大大小小、形状各异的“海子”，河水穿过100多千米的峡谷，与约古宗列会合，注入玛曲河。

约古宗列曲在与卡日曲会合后，形成的河道叫作玛曲。玛曲又叫孔雀河，河道宽、河水浅，流速缓慢，因而形成大片沼泽草滩和众多的水泊。登高远眺，只见数不清的水泊在阳光下闪闪发亮，犹如孔雀开屏一般。

玛曲向东流淌 16 千米后就汇入星宿海。

那么，到底哪一条河才是真正的黄河源头呢？扎曲由于流量小、断流时间长首先被排除。但是约古宗列曲和卡日曲则是各有很多支持者。新中国成立后，对黄河源头进行了多次考察。1952年，黄河水利委员会组织对黄河河源进行了数月勘查。河源勘查队认定约古宗列曲为黄河正源，雅合拉达合泽山是它的源头。1978年，青海省邀请中央和地方有关科研专业人员，再次对黄河源头和扎陵、鄂陵两湖进行实地勘查，确认卡日曲的最长支流那扎陇查河为黄河正源。而且，这里也有国家领导人最多的题字。于是我们决定，就去这里。

藏式起漂仪式

意外的客栈

我们的车还没驶入麻多乡的小镇，就有几头毛色各异的藏獒，奔到车前，围观我们两个落魄的午夜来客。在如此偏僻的黄河源头小镇，我根本没抱希望能找到住的地方，不过也没敢提前和羚羊说，想着就在车上坐半宿将就一下。

但突然看见路边一个闪闪发光的简易霓虹招牌闪烁着三个字：招待所。正准备把车停下来，突然间，车窗外出现了一位年轻人，装束很时尚："你们要住宿吗？"低沉的声音，满脸笑容，可能是担心我们听不懂，故意把语速降得很慢，还外加手势。说好的牧民不擅长做生意呢？说好的牧民服务态度不好呢？怎么都不按照剧本来演呢？

我们被客栈老板领到一间房子里，横竖摆着5张床，一张摇摇晃晃的桌子，其余什么都没有。房价每人40块。虽然比不上玛多县城里的客栈，但在这出了小镇就是无人区的偏僻之所，已经让我非常惊喜了。

厕所

羚羊早就想上厕所了。

羚　羊：老板，有厕所吗？

老　板：有的有的，我带你去。

羚　羊：还要走多远？怎么这么多藏獒在游荡。

老　板：很快到了，我在，你别怕。

羚　羊：你不在，怎么办？

老　板：随便也可以的。

……

后半夜，羚羊翻来覆去。

闪米特：想上厕所就去啊。

羚　羊：厕所没门，蹲厕是漏空的，这么大风，屁股会被冻住的。

闪米特：速战速决不就行了。

羚　羊：在憋死和被藏獒咬死之间二选一的话，我选前者。

闪米特：下次我们带点尿不湿吧。

……

桑丁校长

麻多乡距离黄河源头只有 50 多千米了。

但是客栈老板的一句话让我们的这50千米变成一个遥不可及的距离："你们车胎漏气了吧。"第二天早上，好不容易补好胎，却发现我们的柴油车又高原反应了，油路无法送油。打火冒黑烟数次后决定放弃，在麻多乡租了一辆残旧的猎豹，司机是一位不会讲汉语的牧民。

幸运的是，偶遇了黄河源一所小学"麻多乡寄宿学校"的副校长桑丁，答应陪我们一起去源头，担当翻译和向导。

桑丁：你们做的这个事情很好啊，要帮我们正源，我们这里才是真正的黄河源头。

羚羊：你们可以利用源头来发展旅游业啊，现在中国人富有了，关注文化层面的人越来越多了。

桑丁：可惜领导不重视啊，你看其他不是真正源头的地方，反而大力宣传，用来发展旅游业。

羚羊：不过真要发展，到源头的路得修一修，这路颠得人都快散架了。

桑丁：你看前面那些堆积的材料，是准备修直升机场的。

羚羊：能用直升机场的人太少了，真正要发展还得修路。

桑丁：那就要靠你们了，你们这事要是做成了，这里受重视了，就什么都有了。

终于到达源头

人在车里坐着，如果不抓紧把手根本坐不稳，被颠得头晕目眩。就这样一路颠到了冰天雪地的黄河源头。这一刻，别怪我矫情，内心还真挺激动的。也就在此刻才突然觉得，黄河漂流考察活动，正式拉开了帷幕。

我们观察了源头的各种石碑。

美国作家比尔·波特在 1992 年写的《黄河之旅》一书中描述过这里，当时只有一块国家主席在 1986 年立的黄河源碑。

但现在密密麻麻的有八九块碑，有1999年立的石碑，尺寸比以前立得更大。还有中央人民广播电视台的石碑。

1987 年首次黄漂队伍立的纪念碑，是用铁板做的，锈蚀得厉害。

站在铁板碑前，桑丁副校长给我和羚羊围上了代表祝福和吉祥的洁白哈达。

遥想当年的黄漂勇士，他们在出发前或者过程中，有没有想过，黄河有可能会吞噬他们的生命呢？我想过吗？

藏式起漂仪式

5 月 1 日上午，在桑丁副校长和扎西边巴校长的协助下，我们在黄河源头麻多乡小学里，举行了黄河漂流起航仪式。

孩子们欢呼雀跃，不知是因为节日氛围，还是因为来了我这么个奇葩，他们难得地穿上了节日盛装。坦白地说，孩子们的表演非常精彩，无论是传统的藏族舞蹈，外来的新疆舞蹈，还是近几年大

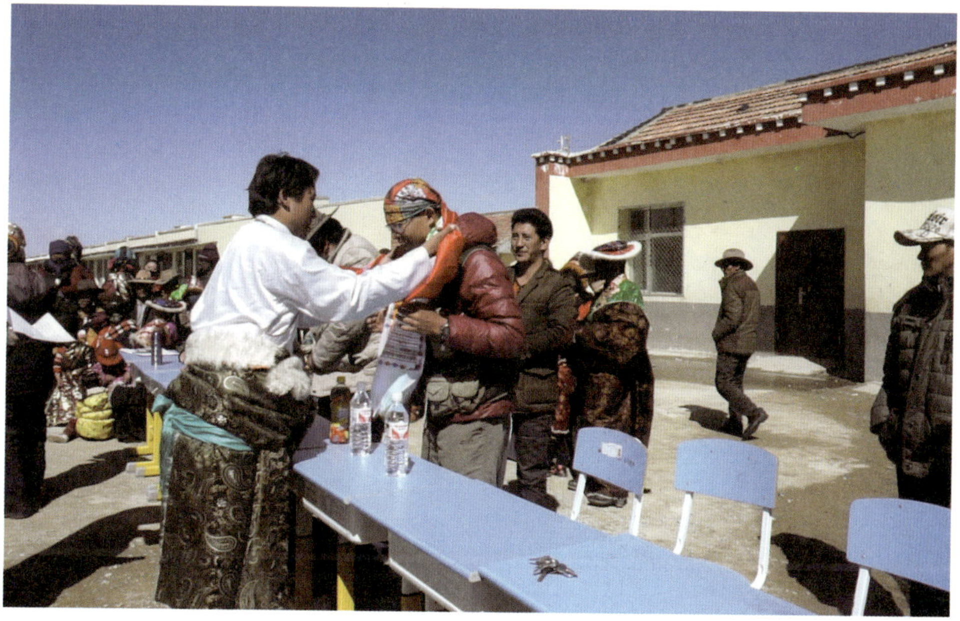

桑丁副校长为我献上哈达

热的《小苹果》，都被他们演绎得活灵活现。在空旷的操场上，背对着白色的巴颜喀拉山，孩子们红扑扑的脸蛋上是非常投入的表情。那一刻，我希望这些孩子们的心情，能和他们的舞蹈一样欢畅；希望他们未来的人生，能和他们的舞蹈一样奔放。

第二章

天堂与炼狱的距离

青藏高原上的致命威胁

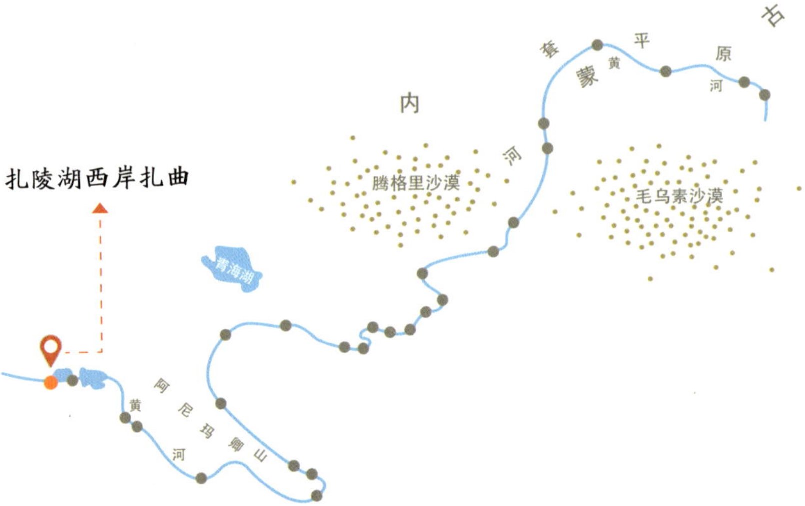

五月的雪花

冰上行舟

我知道每前进一点儿，
海拔便会低一些，氧气便会多一点儿。
我知道每划完一段，
我的高原耐力便会强悍一些。

我知道每漂完一程，
便能多收获一个故事。
我知道每一个终点，
你都在等我。

寻寻觅觅

我们是 4 月 20 日从珠海出发的，计划是 5 月 1 日正式开始漂流。我有些高估了我这个广东人对寒冷的忍耐力了。5 月份的珠海，已经会出现 30℃的高温；而 5 月份的青海，依旧雪花飞舞。更悲催的是，很多河段的河面依旧冰封，根本就无法下水，这还怎么漂呢？

我们从麻多乡出发，到处寻找可以下水的河道。离乡主街 15 千米远的约古宗列曲上，有一座很小的石桥，矗立着一尊颇有气概的石碑：第一桥。这里是我原计划的下水点，但现在河面冰封得严严实实。继续前行，到达 2013 年爵士冰一行的黄河下水点，就是约古宗列曲与卡日曲交汇处，河道依然冰封。旁边无数条经幡在风中咧咧飘舞，传出一种萧索的嗡嗡声。

据说这里的山坡是格萨尔王起兵点。格萨尔王就在这里，用 80 支箭，召集部落里的勇士们起兵的。这个起兵点在黄河三曲并流的交汇处，也就是黄河源头三条主要支流：北边的扎曲、中间的约古宗列曲和南边的卡日曲的交汇处。

当时我还仔细思考：为什么格萨尔王选择了这样一个地方起兵，到底是巧合还是出于某种目的？后来才发现我真的是想多了，原来到处都是格萨尔王的起兵点，就跟黄河有很多“黄河第一桥”一样。

这里就是我原计划要下水的地方

无奈，我们又一次来到了星宿海。5 月份的星宿海依旧看不到水，放眼望去，只见高山之间点点冰莹，不知是哪位仙女的梳妆镜破碎了并散落在这里。

最后到达扎曲，融冰的小溪缓缓流淌，貌似能划艇，终于可以下水了。

黄河第一漂

给橡皮艇充气以及到最后的加气都得用嘴吹。在高原上用嘴补气，真的是一件要命的事情，补完气站起身时，只觉得自己眼冒金星，差一点儿挂掉。

小溪只有二三米宽，水很浅，但想到我的橡皮艇只吃水约20厘米，这样的浅水河道应该可以漂下去吧。没想到的是，这条小溪最浅的地方只有5厘米左右，时不时就搁浅，要用桨撑溪底的泥巴前行，或者站起来把艇拖过这段浅水区。也就是说，一会儿是我坐在艇上，一会儿是艇坐在我的身上。就这样艰苦划行了1千米后，我放弃了。收拾装备，开车到扎曲流入扎陵湖的西岸边，已近傍晚，我们决定就地露营，第二日从此处下水。

这时，突然冒出一位牧民过来看热闹。有人的地方自然就少不了藏獒，而藏獒是我们来到这里之后主要防范的对象。牧民大哥看起来很友善，似乎看出我们的不安，连比带划地告诉我们，他家的狗是拴着的。

我们的帐篷就搭建在车旁边，是为了遇到藏獒攻击时，可以迅速撤离到车内。提心吊胆地待在帐篷里，又冷又累又饿，草草吃了点儿干粮，睡觉了。

寒风依旧

第二天早上，在扎陵湖西岸扎曲入口附近准备下水。天空阴冷阴冷的，温度并不比头天低，但相同气温下，晴天与阴天的冷感是完全不一样的。早晨起来的时候，帐篷周边草地坑洼处，是一坨坨白色冰块。下水点右侧一百多米的地方，被一个 10 多米高的小草

宿营的地方，我被冻成狗

坡挡住了风，河边结满了冰。呼啸的西北风切肌入骨。五月份的青海冷得如此张狂，如此可怖。我大口呼吸着，用幻想中的阳春三月，鼓励自己不要放弃。

我只穿了一件单层打底抓绒衫，外面套了一件冲锋衣。冲锋衣防水、防风，以前在雪山上−10℃时穿过，感觉防风保暖性还不错；而在黄河源头，温度只不过是−3℃，我却感到冲锋衣不怎么防风。

雨中前进

最要命的是下水不久，天空就下起了雨，此时，在雪山上感觉非常可靠的冲锋衣，在黄河上却完全靠不住。划桨的手在风雨中慢慢发红、疼痛。

在水里划了一段时间，感觉握住桨的两只手掌慢慢失去了知觉，疼痛感也开始退化，我担心手会逐渐握不住桨。划了一会儿，我发现手掌虽然失去了知

在这样的小溪里漂，是我人生第一次

觉，但桨依然被牢牢抓住。我尝试松开手把桨放下来，才发现手掌很难松开，已经僵化成握桨状态了。划行了大半个小时后，一直从左岸吹来的风，被一座山挡住了，刺骨的寒意开始减弱。正庆幸有山挡住了风，我不再被寒风肆虐的时候，皮划艇漂入了冰封河面。河岸边沿被透明的薄冰封锁，越往前划，冰封的面积越大。挣扎着向前，河面两侧冰面终于连接在一起，通道彻底被封冻。

冰上行舟

左右打量了一下，我发现完全被冰封的河面只有几十米一段，也就是正对着左岸山峰背阴处的那一段。随着左岸山峰变矮，再往前的河面已是融冰状态。可是这几十米冰封的河面怎么划过去?

我尝试着往后退了几米，然后用尽全力往前冲，打算利用速度的惯性，把

冰上行舟

艇冲上冰面，然后在冰上用桨推艇，滑过这段冰封河面。但艇速不够，底部又太软，冲过去时只是撞停在浮冰边缘，并没有冲上冰面。

于是，我重新倒划 10 米，加速冲程增加到刚才的两倍，再发力向前冲。增加了冲程后，果然半条艇冲上了浮冰，听到乒乓的响声，浮冰被艇的重量压碎，艇又重新掉到水里。

看着压碎的浮冰，我有了一个新主意。只要反复向浮冰冲锋，那么浮冰就会一点一点破碎。我就能通过破冰，开出一条水道。

实施过程并不轻松，每一次的冲锋、破冰，都非常耗费体能，却只能冲碎 20 ~ 30 厘米长的一段冰。我开始用桨辅助敲打冰面，如此挣扎了 20 分钟，终于冲破这段冰道，算是扎陵湖正式允许我畅游在它的水面了。

与骷髅为伴

风依旧很大，虽然顺风可以减少这段湖面行舟的强度，但感觉好冷。冲锋衣与干式防水服最大的区别就是不密封，偶尔漂起的小雨夹着雪，借着风势，从脖子、手腕和腰里往身体里钻。无心欣赏风景，只想憋着一口气，快点划到终点，让我脱离这冰凉冰凉的水面。盯着远处的雪山，自己给自己加油。

原定在扎陵湖进入鄂陵湖的水道口扎帐露营，但越来越大的风雪让我不得不进入河道继续向前划。继续奋力向前划了大约 5 千米，借北边 4 330 米高的错尔岽山峰挡住凌厉的西北风，才停下来上岸。

经过一天雨雪洗礼后，双手已经失去了感觉，紧握着船桨的双手，很难松开。哆哆嗦嗦地上岸，天空又下起了小冰雹，赶紧先躲在船下避一避。冰雹减弱后，决定抓紧时间搭帐篷。第一次感觉到搭个帐篷是如此艰难的事，发抖的双手，拿着铝合金杆，插了半天也没能插到底帐的固定孔上，反而插到了自己的脚趾上，真是颜面扫地。

帐篷旁边是一个白森森的牦牛头骨骷髅，这就是我今晚的邻居。

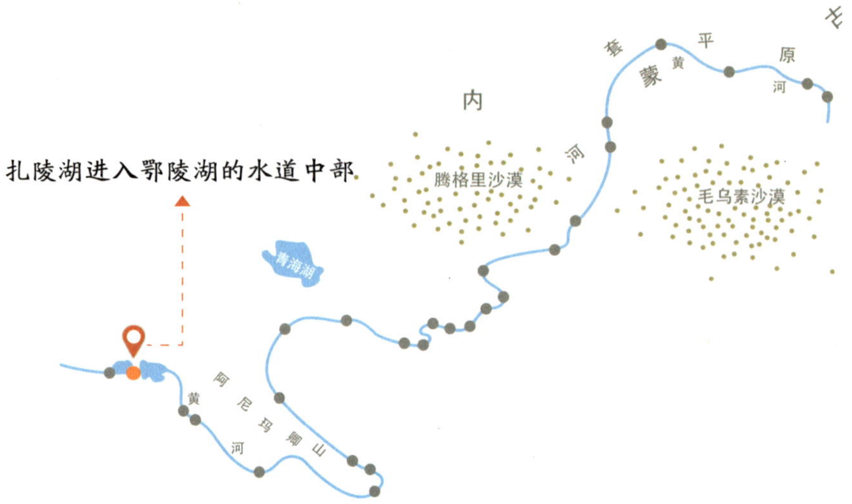

寒冷的味道

寒风的吹拂

也许我是对寒冷的味道体会最深的广东人了。几天时间，我从温暖湿润的广东，来到了寒冷干燥的青海，从亚热带来到了高寒地方。最要命的是，我还不能躲在车上，躲在屋子里，以旁观者的角度对外面的冰天雪地评头论足，而是要长时间待在户外，用自己的身体，用自己的感觉，一点点忍受着寒冷的侵袭。

有人说，在冰天雪地的寒风中，你会习惯寒冷的味道，慢慢变得迟钝和麻木。我倒真希望我的手、鼻子和身体可以变得麻木，而不是体验现在这样砭人肌骨般的痛感。

早晨醒来，收好帐篷，告别了一夜为伴的牦牛头骨，下水继续前进。

迎着寒风在缓缓水流中划行了 11 千米，过了一座桥后，河道变窄，水流速度明显加快。非常省力地继续前行了 10 千米，从河道进入鄂陵湖。

在这冰冷的一天时间里，我无暇胡思乱想，仿佛脑子也被结成了冰。我一直不敢停下手中的桨，依靠运动来给手加热。在鄂陵湖继续划行了10千米左右，傍晚前，到达榛泽村上岸。今天的31千米航程若放在晴天，算是非常悠闲的一天。但在这样的高原酷寒河面划行，对我来说是第一次，特别是刮着5级的风，哆嗦着划了近8小时，身体却还没发热。

可能是肌肉还没有适应，感觉有点儿缺氧，全身酸痛，见了羚羊也没好起来。

迎着寒风准备下水

在湖面上，我的手已经失去了感觉

黄河第一水电站

第二天，我依旧划行在鄂陵湖上。

我的脑浆已经被风雪冻凝固住而无法思考，只有眼睛告诉我，路就在前方。

我的鼻子被冻得鼻炎复发，无法嗅出寒冷的味道，只好用自己的身体来感受。

羚羊担心我的鼻炎，决定在路上跟车。

不过并非所有的公路都靠湖边，我嘱咐她时速不要超过20千米，不然很容易爆胎。也不要轻易下车，在这种荒无人烟的地方，一个女人还是很危险的。

我划行了十多千米后，遭遇冰封湖面，远远看见羚羊已经在岸边等我。收艇上岸，因为我的“破冰船”破不了这么厚、这么大面积的冰。

等我重新找到下水点，才发现离目的地扎陵湖乡的黄河第一水电站也只有几千米远了。今天跳过了 26 千米的冰封河道，挣扎着划行了 24 千米。在黄河第一水电站上岸时，觉得脑浆还没解冻。所谓的黄河第一水电站，其实规模并不大。有一种说法是，从这里开始，黄河才真正称得上是黄河，之前的只不过是一些小溪流而已。我发现这话有一定的道理。我依然处于麻木状态，但是肉体特别是鼻子的痛感却丝毫没有减轻。

失去知觉的手

从扎陵湖上岸后，跟羚羊回玛多县城休息了一天。真的好后悔，我把风和日丽的一天给休了。再回到黄河第一水电站时，天空飘着雪花，寒风刺骨。

在海拔4 400米高的地方，零下的气温伴随着刺骨寒风，虽比不上爬雪山致命，但也足以让任何一寸暴露在空气中的皮肤，因为沾上冰冷的水而迅速僵硬。

我奋力挥桨，加大力量的输出，企图抵御在强风和雨雪中的身体失温效应。但这么做，同时加剧了肌肉在高海拔、低氧环境中，因缺氧产生的疼痛与麻痹感。心脏为了增加氧气供给，迅速提高血压。随着运动强度的加大，我的额头与眼睛伴随着心跳的节奏，每半秒就能感觉一次压力肿胀感。就像有人在用高压气筒，在给我的额头和眼睛反复充气。

为了方便开关摄像机，脱下手套的手，冻得都没知觉了。

划行了约10千米后，河道迅速在辽阔的滩谷中，分开成多条河道并行前进。这一分流，使得五月才开始融冰的黄河源头河道，每条被分割出去的水流都变得窄而浅。橡皮艇多次被搁浅，好在河底的碎石并不像道路上的那般尖锐，只有鹌鹑蛋大小的碎石并不会将艇割破。

我用桨撑在河底的石子上，借力让橡皮艇继续前行。虽然艇身跟石子间发出嘎吱嘎吱的摩擦声，但也只是在艇底留下一道道划痕，并没有造成什么大的伤害。

经过大半小时的奋战后，黄河绕过了查查宁却山，重新转向南。河道也从多股支流，重新合并为一条黄河。河水的深度，终于超过了我的皮艇水线。

丝毫没有减弱的凛冽北风，虽然让我的手变僵硬，但也有效加速了漂流速度。

我比原计划快了两小时到达玛多县黄河大桥，与在这里等候的羚羊会合，上岸结束了这50千米航程。

寒冷，已经成为我挥之不去的阴霾。连续好些天，我的水上世界里，除了寒冷没有别的主题。

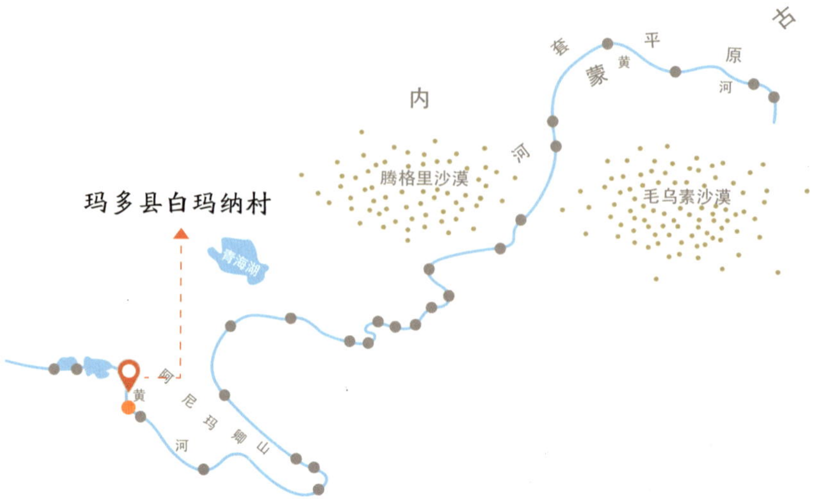

黎明什么时候才来

等待黎明

不管我们坐在车上的这个夜晚，
是如何的漫长与寒冷，
我相信，黎明总会到来。

这一天漂流河段的生态很不错，虽然北岸断断续续沙化，但河道上的水鸟很多，海鸥、红嘴野鸭和灰天鹅相处得很融洽。一大早，天气看着还行，但下水不久后就开始变天，乌云从四面八方笼罩而来。原本黄绿色的草原，变成了黑压压一片。反而沙化了的土地，在乌云密布之下依然艳丽如初。

本来奢望是顺风顺水的一天，可以尝试时速划到 70 千米外，但这奢念硬生生地被乌云压下。这天气随时可能下冰雹，前些日子被冷怕了，我不想顶着狂风和冰雹划艇。

红嘴野鸭和灰天鹅相处融洽

我不想顶着狂风和冰雹划艇

乌云尾随而来

由于乌云尾随而来，我赶紧用对讲机通知羚羊，改计划在40千米远的岗纳格玛错靠岸。

岗纳格玛错湖北边与黄河相连，南岸靠近公路，湖的南北宽4千米。我只要进入岗纳格玛错湖，从北岸划到南岸，羚羊便可以到湖边接应我。

也许是因为5月中的黄河刚刚冰融，水位还相对比较低吧。岗纳格玛错湖的水位很低，离岸边100多米远已经是浅滩，水深只有不到10厘米。

岗纳格玛错湖的鱼

水底长满水草，吸引了大量的鱼群聚集到这片浅水滩。

橡皮艇划过之处，湖里的鱼纷纷四处逃窜。

有的往下向水草里面钻，浅浅的水草遮不住鱼尾巴，鱼儿们摇摇摆摆，费好大劲才把鱼尾藏回水里去。

艇缓缓地在水草面上划过，一桨下去，惊得四周突然露出很多鱼尾巴。弄得我心痒痒想抓两条，无奈手上没有任何捕鱼工具，试着徒手抓，结果手冻得麻掉了，也没抓住一条鱼尾巴。

也许是这里丰盛的水草吸引了鱼群，鱼群又吸引了大量的红嘴鸭和灰天鹅聚集。在浅水区活动的鱼非常危险，一不留神，就成了鸟群的美食。

如果鱼群游到深水处，可以大大减少被鸟捕杀的概率，代价是错过丰美的水草。似乎大多数鱼都选择承担更大的风险，以此获得更多的食物。

想起出发前，羚羊还舍不得卖掉她手上那点股票，总觉得沪指能涨到一万点，无奈我们要集中手头所有资金，她只能依依不舍地抛了。其实哪里存在没有风险的投资呢，要真说有，估计也只有“学习”是一种毫无风险的投资吧。唯有学习，才是付出愈多，回报愈大。

遭遇沼泽

由于岗纳格玛错湖不是事先设定的靠岸点，所以我并没有太细的查阅资料，不知道这里有一片湿地，也就是沼泽，只好在离湖岸边很远就下艇。淤泥很深，脚一下地，瞬间下陷，好像有什么东西将我向下拉扯。

我赶紧用双手按压橡皮艇，把身体大部分重量转移到艇上。利用橡皮艇在淤泥上的浮力，阻止双脚继续下陷。这个湖边的淤泥区，是个可怕的地方，如果不是借助橡皮艇的浮力，恐怕整个人都会被淤泥吞噬。

我双手将艇往前推动 30 厘米，然后把身体的重心转移到双手上，顺势把陷到淤泥里的脚拔起来。再慢慢地将脚挪动到艇边，然后继续把艇往前推，如此反复，一点点向前挪动。

芥川龙之介说：沼泽地，污浊，一个可怖的无底洞。肯定有人在那挣扎过，就像白杨和芦苇曾抵抗过这片沼泽然后立定，生长，繁盛。只是那人永远看不到了，沉下去那刻他看到的是一片土黄的希望和绝望。

我会不会成为沼泽底一具永不见天日的尸骨呢？幸好在我快要筋疲力尽坚持不下去的时候，终于离开了可怕的沼泽地带。

大雨

羚羊已经提前到了预定地点等我，这里八点半才天黑，我们一边庆幸天气没有变得更加恶劣，一边搭建自己的小营地。还嘚瑟地拍了些视频，来炫耀我们移动的家。

但不久后就刮起了凛冽的西风，我们赶紧躲到帐篷里煮东西吃。刚吃完两包方便面，只听外面狂风大作，冰雹噼里啪啦地下。帐篷眼看就要塌了，我们又赶紧逃出帐篷。狂风中，黄豆大的冰雹肆意打到身上，由于气温还没到冰点，冰雹直接在我们两人的羽绒服上溶解成水。

我们来不及拆帐篷了，直接把帐杆抽出来，外帐、内帐、连同帐篷里的防潮垫、睡袋、衣服、炊具，等等，卷成一团，两个人合力抱着就往车里塞，然后使劲把车厢后门连推带压合上，紧急跳到车里。车尾箱和后排座位堆满了我们的装备和物资，两个人只能在前排驾驶位和副驾驶位坐着，羚羊把两件羽绒服都套在身上。准备这样苦熬一夜。

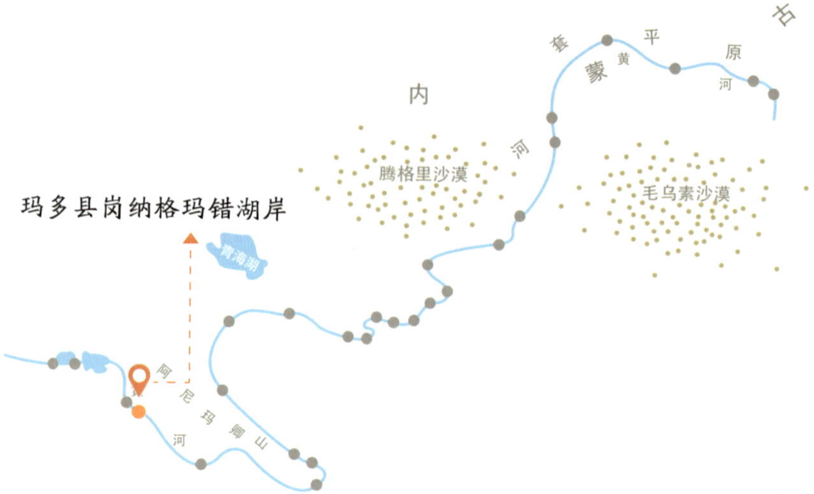

狼真的来了

藏狼的传说

对于青藏高原上的狼，我们闻名已久了，据说藏獒的性情之所以如此凶猛，是在与狼的长期搏斗中形成的。据说西藏的狼凶猛狡猾，堪称顶尖杀手。

在登山界流传着这样一个故事，说的是20世纪60年代初，有一支登山队来到喜马拉雅山。有一天一位队员在宿营地的山坡砍柴，遇到一只狼，便举枪射击，狼应声倒下，大家兴奋地向狼跑去。这时候带路的牧民向导赶紧阻拦说，不能过去，狼会装死。于是大家立即躲进了吉普车。这时，狼呼地从地上爬起，冲了过去，咬得吉普车挡泥板嘎嘎作响。大家都说，如果没有牧民提醒，这回肯定有人被狼咬了。

这时，一位队员从车里伸出枪，对准狼头，开了两枪，才把这头狼真正打

高原上的狼，异常凶悍

死。回到宿营地后，人们就把狼杀了做标本，内脏做防腐处理，皮放在帐篷外晒干，晚上也没有收回。到了半夜的时候，突然来了五十多只狼，对着那狼皮齐声嚎叫，凄厉高亢，接着有更多的狼闻声而来，队员们都被惊醒了，惊恐莫名。幸好，狼没有冲进帐篷咬人，嚎叫到天亮，狼群才散开走了，队员们惊吓得赶紧把狼皮收藏起来。

恐狼综合征

听到这个故事后，我就对青藏高原上的狼有了两个很深的印象：一是凶猛狡猾，二是数量很多。在没有人烟的地方遇见这样的生物，想想都是一件很可怕的事情。

来之前也做了调查，听说现在青藏高原上的狼已经不像以前那样泛滥了，偶尔听见驴友在这边旅游时遇到了狼，但也仅仅是远远地望见，与狼正面交锋的时候几乎没有，而且大多是孤狼，顶多是三五头，像以前那样成群结队的情况也很少了。

即便如此，也还是有一定风险的，尤其是我们经常在野外宿营，很有可能会与狼狭路相逢。狼是行踪隐秘的动物，视觉、听觉、嗅觉都远超人类，如果不愿意被人类看见，自然会远远避开，但如果狼不愿意避开人了，那是不是代表它们对人类的肉体有了什么想法呢？

可是羚羊却有点儿过于敏感，她听完这个故事，就对狼有一种刻骨铭心的恐惧，稍微有风吹草动，就赶紧躲起来。而且只要夜深人静，或者在外面露宿，她都要把这一幕上演好几次。以至于我嘲笑她说，她是患上了恐狼综合征。

狼来了

我们躲在车里，车外狂风呼啸，冰雹敲打得车身啪啪响。羚羊又开始了每次宿营的例行公事，问我："不会有狼来吧？"

话音刚落，突然传来了狼叫的声音。声音就在不远处，而且好像是两只在交相呼应。羚羊简直被吓坏了，眼泪都快出来了，赶紧把一切发光的东西都关上，大气也不敢出一个。我也有点儿胆怯，狼吃人的故事不时浮现在我的脑海，但作为一个男人，我还是要装出一副满不在乎的样子。

羚　羊：它会攻击我们吗？

闪米特：不可能，我们在车里，很安全的。就算有狼群也不怕，而且这里很少有狼群，顶多几条狼，你不记得黄河乡的老师们说过吗？

羚　羊：要是有狼要吃我，你可以先把我敲晕吗？

闪米特：我会把狼敲晕，闭上眼睛睡吧，不怕的，车上很安全。

这次幸好是在车上，否则的话，羚羊不知道会被吓成什么样呢！

又一次见到狼

有了这次经历之后，我们再选择宿营地的时候，特别注意安全。即便如此，依然有一次差一点正面遭遇狼。那是在漂流到甘肃省甘南州齐哈玛乡的时候。

那里的河道，时而分流成多股，时而合并成一条干流。分流时，河水流速会变得缓慢，需要挥桨努力划艇，不然艇会赖着不走。河道汇流时，就可以偷懒不用划，水流自会推着艇向前。我可以趁机休息，喝口水，看看风景。

黄河时分时合

分流的河道使黄河中间形成了大大小小的长条形岛屿，小岛上长满绿草和稀疏的小树。我们之前的设计是将车停在马路边，羚羊穿过草地来河边上艇，我们一起划去河道中间的小岛露营，既浪漫又安全。

但就在我漂完这一天的预定航程，要与羚羊汇合的时候，羚羊传来消息，说被藏獒困在了车上连厕所也不敢上，已经好几个小时了。没办法，我只好把自己有杀气的这一面释放出来，一路背着艇，持着桨，战战兢兢，终于绕过了藏獒。但这也导致我们去河道中间的小岛上烂漫的想法彻底破灭了。

沙洲上的狼

但是到了第二天，我们才明白，没有在岛上过夜是多么幸运。因为在第二天重新下水之后，发现在黄河中间的岛屿河滩上，有两匹黄灰色的狼在游荡。我一直以为河道中间的岛屿很安全，既不会有因为处于冬虫夏草采集期而警惕暴躁的牧民来打扰，也不会遭遇藏獒，却没想到会有狼生活在这里。其实，与狼比起来，我还是更愿意跟牧民和藏獒打交道的。

但是，在这次漂流过程中一直没有见到大规模的狼群，或许，以后也不会有机会再见到了，只能在故纸堆里找到记载狼群的只鳞片爪时，用想象过一下瘾了。

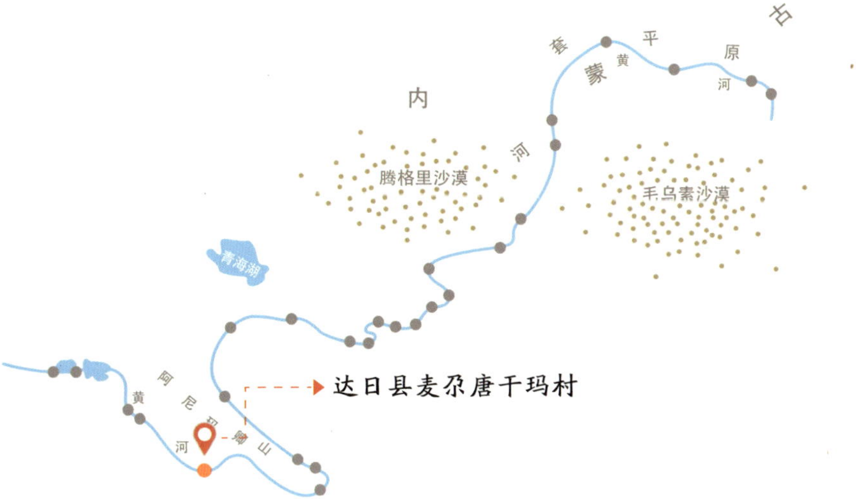

悬崖上的苦行僧

苦行僧的传说

这一天，我是在从麦尕唐干玛到岗龙乡的航程里看见了苦行僧。强烈的好奇心驱使我去拜访他们，但更强大的理智又告诉我，他们之所以隐居在这里，就是不愿被打扰。

我只能在水上远远地望着他们筑在悬崖上的居所，把自己的好奇心强按下去。

小雨

要从早晨开始说起。

昨夜我们宿营在麦尕唐干玛的黄河边上。

早晨 5 点左右，我被敲打在帐篷上的雨声吵醒。转身看羚羊，已经冻得把睡袋翻转过来，睡袋帽子被她裹在脸上。本想帮她扯开，免得影响呼吸，但怕惊醒她之后她会打我，想想还是算了。天冷的时候挨打，会特别疼。

刚刚还在下冰雹，一会儿天就晴了

不知是不是太冷的缘故，黄河对岸麦尕唐干玛山脚下两家牧民的狗居然不叫了，昨夜可是狂吠了一整晚。难得在早晨这么安静，就连有货车从牧屋前隆隆驶过，藏獒们也充耳不闻。正常来说，有摩托车、汽车，特别是货车经过的时候，藏獒们就叫得特别凶。估计它们是觉得，只有机动车才够气势，配得上它们的音量。

我穿着羽绒服，披着睡袋，在帐篷里烧水泡了杯奶茶喝。帐篷外传来丫丫声，出去一看，原来是一群野鸭飞过。如果真有来生，那么我就做一只野鸭吧，多自由啊，还自带羽绒服。

冰雹与太阳

清晨九点，雨终于停了。连续下了 4 个小时的冰雨，敲打在帐篷上的声音很大，实际的降雨量并不多。可能是这种沙石土质透水性好吧，停雨不久，草地就被透过薄云的阳光烘干。

高原气候变化无常，刚刚听着雨声、忍着严寒、披着睡袋喝奶茶，阳光一晒，帐篷里就让人感到闷热难当。我收拾好行装，下水继续漂流。

不多久刮起了风，紧跟着冰雹就来了。还好冰雹颗粒不大，敲打在身上也不痛，就是把摄像机镜头弄花了。

冰雹下得不太久，不一会儿就雨停风静，紧跟着太阳出来把我烤干了。然后不多久又是风起雨落，反反复复，老天总不忘出一会儿太阳，把我烤干后再淋湿。

划行在海拔 3 900 米的黄河上，感觉自己像是被铁匠夹在钳子上的铁块，不断被加热敲打，然后被扔到冰水里冷却，活生生一块肉铁啊。

铁船和崖洞

黄河在经过多条水量丰富的支流汇入后，流速不断加快，偶尔会有一级滩（河道中难度最低的激流带，级别越高则水流越凶险）。

逆风过滩时，桨带起的水花被风吹到脸上，顺着脖子往下流，感觉像被一根带刺的玫瑰“刺啦”一声划了一道，有股刺痛感。

我在纳格让附近的河道拐弯处，看到了像蒙古包的牧民营地。靠近营地的河边，出现了黄河源头以来的第一条

路边有像蒙古包一样的帐篷

船。是一只小铁船，不大，目测能承载两三人。

小铁船的河对岸是悬崖，悬崖底部有一间很小的房子。四周是峭壁，感觉没有可通行的道路。估计那条小铁船，便是这间房子与外面连通的工具吧。

再往悬崖上看，有些地方的岩壁被挖空，建了几间悬崖洞屋。

继续往前，在快要到达岗龙乡的时候，发现陡峭的山体岩壁上有更多修建在岩壁上的房子。修建的位置都是超乎常识和想象的地方。

苦行僧的居所

之前听说过甘德县的格鲁派佛教，流行在偏僻的地方闭关修行，但把修行地建在如此匪夷所思、似乎只有飞鸟才能到达之所，感觉似乎只有仙人才做得到。

在日本拍的一部黄河纪录片里，专门提到一些在偏僻之所修行的僧人。日本摄制组当时还特意让本地人带路，打算造访一位闭关 17 年的僧人，奈何在半山腰，就被那位神秘闭关人挥手打发走了。

据说这种闭关修炼的方法源于印度的婆罗门教，属于苦修的一种。传到中国后，有些僧人在黄河岸边山岩上凿洞静修，称之为“参巴”。

今天，我终于在悬崖上，看到了“参巴”的进修之所。只是找不到路上去，很好奇这些人如何解决吃饭的问题？难道已经得道成仙，不需要进食了？

不要去打扰他们

快进入终点岗龙乡时，开车提前到达的羚羊通知我不要划入乡里上岸，因为河岸边的垃圾吸引了许多野狗。于是我在岗龙乡入口的道路旁上岸，刚好也是一处“参巴”的所在，除了有经幡，入口处做得很气派。

和羚羊商量了一下，决定还是不去叨扰这位僧人了。虽然内心有强烈的好奇，但终究认为这样贸然前去，太不礼貌。

而且他们故意选这些难以通行之处，应该也是为了避免外人打扰清修吧。

正面遇藏獒

凶残的藏獒

藏獒名声在外，我们来之前自然是做了充分的心理准备以及肉体上的准备的。说实话，网上关于藏獒的资料，大多是“狗贩子”吹出来的神话，实际上藏獒并没有网上吹嘘的那么神奇，但确实是在经过多年的适应进化之后，最适合在青藏高原生存的犬类。因为环境恶劣而具备了勇猛无畏的性格，因为人烟稀少而具备了除主人外不认别人的性格，因为幅员辽阔而养成了非常强烈的领地意识。

即便是看了那么多的视频，查阅了那么多的资料，但只有真正见识过在青藏高原上野蛮生长的藏獒之后，才知道这种犬类是多么的“凶残”。4 月 27 日从玛多县去麻多乡的路上，当时车速 20 千米，突然一条巨型黑藏獒从离路半里远的牧民帐营向我们飞奔过来。我赶紧加速，但已经来不及，藏獒一头撞向了车后轮胎的沙板上，发出了沉闷的声音。到达麻多乡下车检查后才发现，后轮的沙板被撞凹了一块。

不知该说藏獒凶猛，还是说它笨好？

这里的藏獒有一种不顾生死的气势，有一种勇猛无比的气势，有一种就算咬不着你，也要吓死你的气势，或者用另一种说法，叫作傻，你只要侵占了它的地盘，它就会上来跟你玩命，哪怕你是在车上，它也要一头撞过来，这种气势实在是让人心惊胆战。

藏獒阻路

来到青海之后，羚羊原本最恐惧的狼，已经变成了藏獒。因为狼虽然可能更凶残狡猾，但与它们正面相遇的概率很小，而藏獒是几乎时时处处都需要小心的。每次我们见到藏獒，就远远躲开，倒也与藏獒没有正面的冲突。但来到藏獒的老家，要想彻底避开与藏獒的接触，也不是那么容易的。每次漂流上岸后，如何穿过辽阔的草甸而不被藏獒攻击，安全地到达目的地与羚羊会合，成了我漂流黄河的一大挑战。

这天，我担心的事情终于发生了。

当我还差几百米就可以靠岸时，对讲机里传来了羚羊的声音。她说她没办法开车穿过离河岸两千米的草地，因为草地都被牧民用带刺的铁丝网圈起来了，开车过不了，走路接我的话又怕藏獒。她提前几小时就到了会合地点，每次想方便，总是在车旁还没蹲下，对面的藏獒就狂吠起来，吓得她赶紧跑回车上。

我只好收起橡皮艇，背起大背包，想办法穿过牧场与羚羊会合。我观察了一下牧场，有条小路在两个牧民营地之间，我打算走这条路过去。我没有拆桨，手拿2.2米长的桨作为防身武器，警惕地往山的方向走，羚羊的位置就在山脚下。

风中突然传来一股狗味，我抬眼望去，500米远处，一个黑影向我飞奔而来。我冷静地放慢脚步，双手紧握船桨开始侧身走路。我看见武侠片里的大侠面临大敌时，都是这么干的。

每次见到这货，我们都小心翼翼

放出我的杀气

我目光紧盯着藏獒飞奔过来的方向，它在离我 10 来米远的地方突然停了下来。它貌似观察了一下我手中的桨，然后试探性地向我吼叫了几声。我突然想起来应该把眼镜摘下来，羚羊说我不戴眼镜时，比较有杀气。

把眼镜放到口袋里后，我握着船桨，做出关公提青龙偃月刀的姿势，果然镇住了藏獒。它没有再向前，而是转头向后吼叫了几声，原来它在召唤另一头藏獒。

看着另一头狂奔过来的藏獒，我在犹豫要不要先干掉眼前这头。双手难敌八爪，要是两头一起上我肯定打不过。虽然桨很长，桨叶看起来确实很像关公的刀，但这是个塑料桨叶，杀伤力可以忽略。若真斗起来，它并不能对藏獒产生任何实质性的威胁。

这里的牧民爱狗如命，如果我干掉了藏獒，他们会不会干掉我也难说。据说很多牧民是有枪的，他们可以轻而易举干掉我，然后直接水葬，干净利落。思想斗争间，眼前这头藏獒，反复向我吼叫几声后，又回头看后面的藏獒，好像在催促同伙跑快点。

我盯着眼前这头藏獒的眼睛，双脚尝试慢慢往后退。它对我的动作非常敏感，把吼叫声提高了十个分贝，然后迅速向前跑跳几米，两个前爪急刹车，

我的杀气

一头藏獒向我奔袭

身体抖动，把狗毛抖得竖起来，做出了要攻击的姿势。

对峙

我赶紧停下脚步，双脚变换姿势摆出一个弓步，身体微微前倾，双手举起船桨，摆出一副关公斩华雄的架势。藏獒往后退了两步，回头叫唤后面的藏獒快点。我不敢再退，它已经在警告我了。

最糟糕的时刻到来了，后面的藏獒已经越来越近，我的神经绷得都快断了，但它在离我眼前的藏獒 2 ~ 3 米远处突然停了下来。虽然吼叫声很凶，但并没有再向前。难道它终于感受到了我的杀气？

我调整姿势，抛出一个更凶狠的眼神。使劲绷紧我的马步，把船桨尽力举到最高，做出随时砍下来的动作。双方僵持了几分钟，后面的藏獒始终站在原地，让前面的藏獒有点儿泄气。它突然改变策略，用右后爪在草地上扒了几下，然后抬起脚撒了一泡尿，估计是表明那里是它的地盘，警告我不要入侵之意。

我犹豫要不要也撒一泡尿，让它也同样尊重我的地盘。纠结一下后，我放弃了，还是不要将自己的弱点暴露在敌人面前为好。

我估摸着只要不入侵它宣誓主权的地方，应该就问题不大。我试探性地慢慢往后退，双手继续举着船桨，两眼继续瞪大保持我的杀气。我不敢后退太快，如果它们感觉到我在逃跑，那么会咬死我无疑，藏獒对于逃跑猎物的反应只有一个——杀戮。

藏民们的牧场

撤退

等我后退到离前面藏獒有20多米远的时候，一直站在后面的藏獒走到了前面的藏獒旁边，趴了下来，前面的藏獒看见我走远了，也趴了下来。对峙了半小时后，两头藏獒趴在原地，连叫都懒得叫了。

但如果我一直退，就无法与羚羊会合了。退到两个牧场之间带刺的铁围栏边，翻过去，我相当于到了另一个牧场里，两头藏獒看见我已经到了别人家的领地，感觉任务完成，爬起来奔回它们自己的营地了。

我不敢离开铁丝网，如果走远，就担心这一家牧民的藏獒会成为新的威胁。我打算沿着铁丝网走，万一铁围栏这边营地里跑出几头藏獒，我可以迅速翻过围栏，到达另一边。

我小心翼翼地前行，走到离路边几百米远时，看见一条土路通向路边。左右两边各有一排房子，旁边是大群的黑色牦牛和灰白色的羊。我不确定中间有没有夹杂着藏獒，为了保持杀气，我一直没戴眼镜。也不敢冒险走到牛羊群旁边，赶紧用对讲机联系羚羊，让她想办法开到这条小土路来接我。羚羊还是很厉害，其实她停车的地方离我很远，我们看不见彼此，不过她还是凭着对老公的敏锐嗅觉，找到了一直在努力保持杀气的我。

看见她的那一刻，我的杀气一泻千里，我戴上眼镜，重新成为一枚斯文的男子。

第三章

生与死的一线之隔

高原边缘的夺命激流

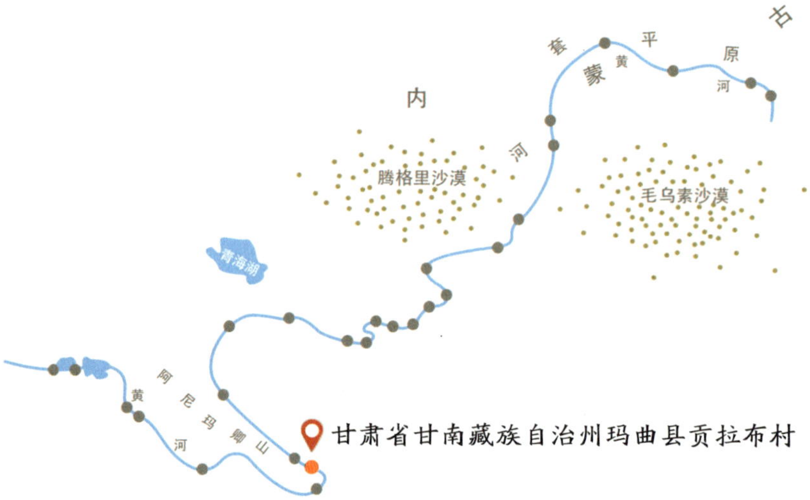

好奇害死马

土拨鼠

很快，我已经漂流到甘肃省西南部的甘南藏族自治州玛曲县了。

春天也已经来了，黄河上不再有浮冰，枯黄的草甸逐渐变得嫩绿肥美。经常玩穿洞游戏的土拨鼠，也从四月里还是小老鼠一样的个头，长成兔子大小了。

肥硕的让人流口水的土拨鼠

骑马的牧羊人

也许是太胖之故，土拨鼠行动变迟钝了许多，经常被车碾死在路上。

居然有朋友说，土拨鼠可以剥皮烤了吃，太残忍了，也不想想如果被信徒发现的话，我们究竟会有什么下场？

好奇的牧民

玛曲地区的河曲马，是中国三大名马之一，所以沿岸看见大量的河曲马，果然和之前见过的马不一样，不仅体型高大而且毛色均匀亮泽。

之前的黄河沿岸牧区，牦牛数量居多，放牧的人多骑摩托车。到了河曲湿地草原地带，马群越来越密集，骑着马放牧比骑摩托车放牧，看起来更有画面感，也更和谐。

我在河里看着牧民，牧民也在岸上看着我。

一位牧民打马来到河边，一手拉着缰绳，向我挥手大声道："过来，看，船。"他生硬的话语，带着不容反驳的命令味道。

我知道牧民对船都很好奇，但今天行程不轻松，划过去寒暄很费时间。我便装作没听见，继续向前划。

放牧人："给我过来！"

看见我没靠岸去给他看的意思，放牧人急得汉语都变利索了。为了不与他纠缠，我加大力气划艇，想快点儿离开他的视线。

放牧人赶着马向前，与我并驾齐驱，由于高原缺氧，划一会儿我就气喘吁吁了。我把桨停下来休息一下，往岸边一看，居然又来一位穿棕衣的骑马牧民，他左手拉着缰绳，右手提着马鞭，指着我的方向大声吼叫："过来，看。"

我心里哭笑不得，好奇也有个限度吧。再说你骑着马在岸上，我划着艇在水上，你追上来又能奈我何？我决定不理他们了，于是提起桨，用正常的力度继续往前划艇。我就不信你们能一直追，就不管牛羊了？

好奇心太过旺盛的牧民

彪悍的牧民

棕衣牧民提起马鞭一阵猛抽，沿河岸飞奔向前，背影很帅，一会儿就不见了踪影。心想终于放弃了，我一阵暗喜。

过了一会儿，我听见前面一阵吆喝声，放眼一看，河里居然有一个脱光了衣服的人，拉着马往河中间赶。谁这么勇猛啊，在6℃的天气里光着身子站在水里。我下意识地把手放到水里试探一下水温，我的妈呀，虽然天气晴朗，但河水冰冻刺骨。可能河水太冷，马不愿意往前，扭头拼命往岸上奔。而光身哥却死命拽着缰绳，把马往河中间拉，我很好奇他到底要干吗？

“你，过来，看。”他看着我喊。

天啦，原来是那个骑马很帅的棕衣牧民，看样子他是要拉马游泳到河中抓我。他一边拉紧缰绳，一边尝试从水中骑上马背，但几次都不成功，马冻得直哆嗦。

我有点儿犹豫了，人在这冰冷的河水中支撑不了多久，我不想因为自己闹出人命，何况还要搭上一条马命。于是我决定试着和他沟通。

牧民跳进了冰冷的黄河水

闪米特：我过去，你不要打我，也不要抢我东西，我就给你看。

牧　民：过来，看。

闪米特：那你先答应，不抢我东西。

牧民茫然地看着我，突然中气十足地大吼一声：“看。”

我被他的气势震住了，纠结之间，水流已经把橡皮艇带出去很远了，水往下流，我回不了头。内心希望他能早早上岸，恢复体温。耳边又传来马蹄声，原来是另外一个牧民打马追上来了。“过来，看。”他吼道。

我心里一阵无名火起，扭头对他大骂：“你同伙快冻死了，还看看看，看你个头啊，快回去救他！”他被我突如其来的吼声吼愣住了，一时间没有任何反应。

我决定尽快划走，好让他放弃看船，好回头搭救他的同伴。我一边努力划，一边祈祷冰冷黄河中的放牧人和马，能安全地回到岸上。

热情的牧民

当然，也不是所有的牧民都这么鲁莽的。

当我看到一位骑着白马的牧民在河边石滩上漫步时，心里不由一紧：不会又要来看船吧。这段河道水流湍急，加上这里刚好是河道拐弯的入弯处，目测水流达到时速 9 千米。弯道处形成了大量的涡流、回旋、鼓水和漩涡。漂流经验稍稍不足，橡皮艇没控制好的话，也是很危险的。如果这位哥们也脱光衣服下水，估计涡流和漩涡很快会把人和马吞噬掉。

离骑马哥越来越近，我恨不得发场大水赶紧把我冲走，免得又造孽。骑马哥右手拉缰绳勒停马，左手挥起马鞭，向着我的方向挥了挥。

骑马哥：你好！

闪米特：你好！

骑马哥：水流急，小心！

突然碰到这么礼貌又热心的人，我一下有些不知所措，只是轻轻嗯了一

道一声珍重，总让我心里温暖许久

声。顺水流划走时，骑马哥一直停在河边目送我。

每次遇到好人，都让我对这个并不太完美的世界，多出一份欢喜。

羚　羊：你当时怎么不去救他？

闪米特：我怕他攻击我，我又没买保险，万一出意外了，你怎么办？

羚　羊：他们也就好奇一下而已吧。

闪米特：好奇心太强，就容易出事！

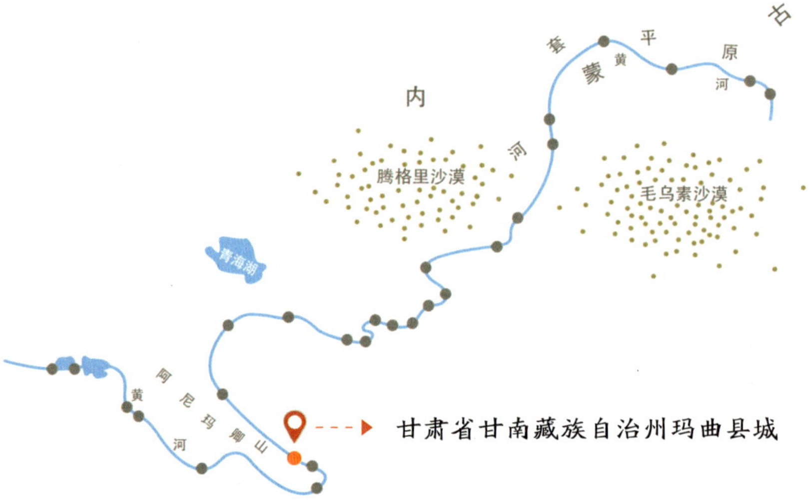

渐入险境

下水的艰难

黄河从玛曲开始，已经处于青藏高原的边缘地带，海拔下降的速度明显增大，河道落差随之增高，带来的高速水流冲擦着河谷底的泥沙，就像氢氟酸腐蚀玻璃一样，侵蚀着这里的河道。黄河从原来高原地表上的一条小河，经过115万年的昼夜侵蚀，被蚀刻到几十米深的地下。而且随着大量支流的汇入，河道水量增大，流速变快，使得黄河从草原中间凹了进去。河道两岸从草原变成了峡谷。

今天，我要从甘肃省甘南藏族自治州的玛曲县漂到河南蒙古族自治县的柯生乡。但这里河道两岸是直立的峭壁，无法下水，只能沿河寻找河道拐弯处。在拐弯处，河道由于汛期河水的猛烈冲击，容易因为崩塌形成斜坡，有机会从河岸崩塌的土坡上下到河边。

黄河的两岸开始陡峭起来

虚惊一场

从玛曲到柯生乡河段，已经很接近激流澎湃的拉加峡了，但从事先收集的资料来看，这段很平静。只是连续下了三天雨，天气转冷，河水愈加冰凉刺骨。

午后刚过欧拉乡，突然听到嘹亮的水声，我的神经一下子就绷紧了，不会吧，我都没做任何迎接激流的准备，干衣都没穿，赶紧先把手机放到防水袋。浪声如雷，如此震耳欲聋的水声，意味着前面有非常厉害的激流。

在我正犹豫要不要靠岸避过这个滩时，放眼望去，却迟迟未见前面有激流泛起的白浪花，水声却越来越响，正感到疑惑之际，看见河边一条支流滚滚汇入主干河道。原来这种支流从落差很大的河边高地飞流而下，从而引起了隆隆巨响。原来虚惊一场。

我松了一口气，继续前行。这段河道因为水流速度快，被冲蚀得很厉害，已经从草原中间深深凹陷下去。两边的支流汇入黄河时，落差相当大，有点儿瀑布飞泻的感觉。两岸汇入的支流很多，每次听到隆隆巨响，我就绷紧了神经。

我知道，我已经进入了危险区域。

天折的航程

从柯生乡下水，本来是计划漂60千米，到宁木特才上岸的，结果因为羚羊的一通电话，航程只进行了一半，夭折于拉让村。

早晨，我独自背着装备穿过1千米高低不平的草地，去到河边下水，让羚羊先开车去宁木特踩点，为我找一个适合上岸的地方。

中午时分接到羚羊电话。

羚　羊：你看看能否就近找到地方上岸，宁木特这里的河道，两岸都是近百米高的悬崖峭壁，你不可能爬上来，我们的攀岩绳不够长。

闪米特：那里不是有座桥横跨黄河吗？连通河南到果洛的那座桥，不能从桥头的斜坡上岸吗？

羚　羊：有桥，是从两岸悬崖上飞挂于两岸的吊桥，桥头根本没有什么斜坡可以到达河边。

闪米特：奇怪，那以前漂流黄河的人是怎么上岸的？

羚　羊：不知道，总之这前后都是峡谷，吊桥附近是上不了岸的，远处悬崖中间好像还有条小吊桥，但我一个人不敢走过去看。你先看看能否设法上岸，再来这里一起实地确认下比较稳妥，不然就得一直漂到拉加镇才能上岸，那么航程就会增加到140千米，肯定要通宵漂，而且提前读不了水。

这样的吊桥，羚羊根本不敢开车过

我研究地图发现，这段峡谷河道中唯一一个有斜坡、勉强可以靠岸的地方，便是拉让村了。还好羚羊电话来得及时，我还没过拉让村，要是过了这里，我既没有信号接听到电话，也不可能中途上岸了，只能硬着头皮往峡谷深处划。

上岸后我们又抽时间去宁木特实地考察了一番，因为如果宁木特上不了岸，那也意味着无法下水，我不得不放弃宁木特到拉加镇的80千米水路。

如此陡峭的两岸，让我怎么下去

有点儿不甘心，因为根据黄河的现状，这段本来是可漂的。1987年首次漂流黄河的探险队，在这段峡谷遭遇过意外，即几位漂流这段河道的勇士消失在这段河道，之后就再没人漂流这段峡谷了。但是现在情况发生了变化，在拉加镇上游3千米的地方，新建的水坝已经在2015年年初截流了。这个水坝的截流，意味着原来离拉加镇上游10千米处的凶猛河段，会因为水位升高而变得平缓。原来的鬼门关，已经被人类驯服了。如果这样我还不能漂，怎能不遗憾呢？

我很少奢望有团队能帮助我，但这时，我多希望有强大的后勤团队将我吊下去啊。

陡峭的两岸

无奈，我们只好开车来到曲什安镇，放弃了中间无法下水的河段，以及拉加镇到曲什安镇这段极其凶险的河段，选择从这里顺流而下。

不知是因为连绵的雨天，还是因为河道海拔下降迅猛，水流达到了时速 11 千米。划入两岸岩石的狭窄地带，水流能达到时速 16 千米。高速水流加上多弯的河道，橡皮艇在湍急的河水中，不断遭遇漩涡、回流和鼓水，我不得不打起十二分精神来应对。

本以为高速水流可以省点儿划桨的力气，但像激流艇这种本身就不是为速度而设计的探险艇，划桨产生的动力，已经变得非常渺小。我现在一桨都不能停，因为需要用桨来平衡，以保证我的激流艇在湍急的涡流中能保持稳定。

这里的河岸很有特点，是三明治式的，中间黑色的那层是鹅卵石。在115万年前黄河刚刚形成的时候，这层鹅卵石是黄河当时的水面。最上面那层黄土沙粒，是黄河两岸风化的尘土，经过了几十万年堆填的结果。

风带来的沙土，不断地在陡峭的河岸上堆积，当堆积得太重时就会发生崩塌。突然间，毫无征兆地，在我前面几十米远的地方，滚滚砂石从岸上崩塌到黄河中，气势磅礴，发出震耳欲聋的声音。等我拿出相机时，只剩下一团滚滚烟尘。如果我速度快一点儿，估计会被滚落的砂石，连人带艇埋葬到黄河底吧。

还好，我顺利到达了唐乃亥。

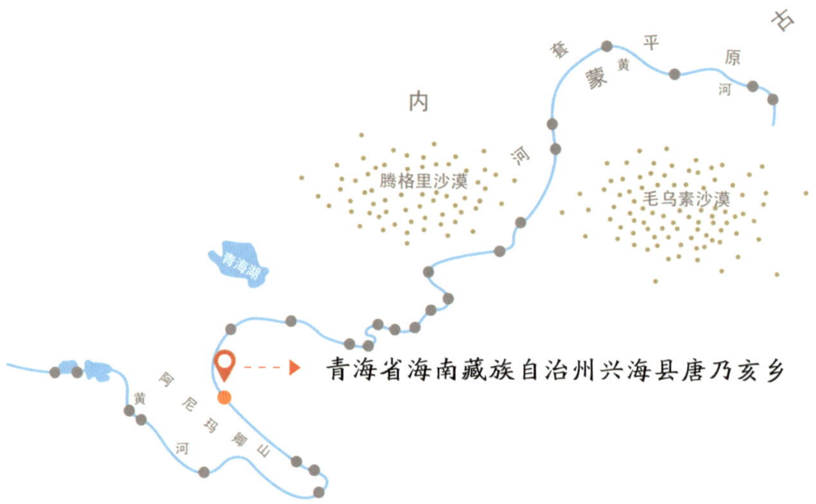

生死博弈（上）

忐忑不安

在唐乃亥乡停留期间，我有点儿坐立不安。唐乃亥乡的上村、中村和下村，由北至南一字排开，北边的上村最靠近县城，而南边的下村则靠近黄河。

在这里停留的一天里，羚羊问了不下一百次：“你有信心吗？”

羚羊之所以这么担心，是因为一个神秘的电话。

神秘来电

每次看到手机上来电显示为“北京”，心里就沉甸甸的。我知道，是“他”来电话警告我了，也知道危险就要临近。

北京来的短信，最初是“不能漂，请务必放弃”。但我坚持想漂，短信内容改为：“如果一定要漂，请务必要等3天之后。”最后改为直接打电话告知，在这段河道里，当年他们牺牲过一位兄弟，虽然官方公布的信息很模糊，只提

无论将遇到什么，我也要坚持下去

了拉加峡，但其实唐乃亥到羊曲，水流极其凶险，他们一位兄弟在1987年漂进去后再也没能出来。自有人牺牲后，无人再成功挑战过这一河段。

心里很感激这位一直不愿意透露姓名的前辈，他和其他提醒的人不同，他对黄河流域地形及水流状况非常熟悉。话语里不是模糊的介绍和单纯的恐吓，而是结合现在黄河流域的变化，进行细致入微的分析。每次在我进入危险地段前，他都会来电话，说出他的见解和看法。

最后的准备

但我等不了 3 天，等待的第一天是因为下雨，若在如此凶险的激流中遭遇大雨或者洪水，我必死无疑。第二天早晨天气晴朗，我不想等下去了，等待会消磨我的勇气。

来到河边，羚羊准备橡皮艇、清点行装时，我去了好几次厕所。记得 30 年前，第一次代表小学参加市级运动会的 100 米短跑时，我也是手心出汗，不停地上厕所。

河边开了一家黄河风景园餐厅，吃饭的时候，大厨也出来聊天，说现在并没有什么生意，我问是不是不允许喝酒之故，他说客人可以自带酒水。厨师表示对漂流很羡慕，等他有钱了也要试一试。

我突然很生气，火气很大地问他："那你要不要漂这段，漂完给你一百万。"

这位兄弟赶紧摆了摆手退了两步，说完这句话我也有点儿后悔了，又不是只有这位兄弟把漂流看成有钱人寻找刺激的行为。我多希望大家能意识到，这是一场属于勇士的战斗，是生与死的博弈。

很郑重地和羚羊告别，我知道橡皮艇一旦被推下水，就不会有回头路，只能勇往直前到达目的地。羚羊笑着说，等我漂到了羊曲，还要吃我煮的闪氏顺德火锅。

进入峡谷，开始紧张

遭遇险情

我不知道这次我是否能活下来，于是全程都把摄像机打开。如果我真的没能活下去，也希望摄像机能把我的最后一刻记录下来，给后来者一点儿启示。

从唐乃亥出发，我眼观六路，耳听八方，想立刻确认一下这峡谷里是否有斜坡，可以让我在进入激流前，靠岸读水；是否有路径，可以在我不幸翻船后，能够上岸翻过峡谷找到出去的路。

入眼的是大片灰黑色的嶙峋怪石，高耸在两岸，有一种厚重的压迫感。如果我会轻功，说不定可以一跃而出，可惜爬山多年，都未能跌落悬崖，自然也就无从获得武功秘籍练就一身轻功了。扫了一圈后确信没有退路，心里反而镇定了许多。破釜沉舟，也许就是这种心境吧。

山崖中间有一条深黑色的缝隙，就是我将要进入的凶险峡谷。在这里宽阔的河面受阻，河水突然间变得凌乱。

我定住心神，才深呼吸了一半，就被一股强烈的水流拖进了峡谷。弯弯曲曲的峡谷河道内，橡皮艇开始被吸向左岸，拐一个弯后，又被无端冲到右岸。由于水流太急，我尝试着划桨摆脱水流的摆布，完全是徒劳。

无法控艇

我使出浑身解数在湍急的河水中挣扎，可橡皮艇根本就不听使唤，由着性子左冲右撞。一股水流突然把我急速冲向右岸，不知道是我眼睛瞪得太大，还是因为橡皮艇速度太快，怎么感觉悬崖向着我倒下来了呢？眼看就要撞上岩壁，顷刻间一波浪花被石壁大力反弹回来，瞬间将我连人带艇推后数米。

我趁机改变方向，使出浑身力气，划到一处稍显平静的水面。赶紧拿出手机测数据，天啊，艇速居然达到了时速 21 千米。通常我用这款激流艇，在静水无风河道连续划行 8 小时的话，平均时速只有 3 ～ 4 千米。怪不得橡皮艇无法摆脱水流的控制，这样的流速，已经超出了人力可控的范围。

惊诧之际，耳边传来隆隆的轰鸣声，我知道这在峡谷里意味着什么。我迅速放好手机，握紧桨，要确保自己不翻艇，在如此高速水流的峡谷中出意外，没有任何人有能力进来救我，就连找到尸体都困难。

生死博弈（下）

主动迎击

快速拐过一个弯后，河面愈加狭窄，我划着橡皮艇迅速冲向前面的激流，既然无法抵抗，干脆主动迎合它。激流中间是一个旋转的水洞，我调整好橡皮艇进入水洞的角度，防止被掀翻。艇头入浪的瞬间，艇身整个被浪抬起，并急速向左翻，身上和脸部同时被迅猛的浪花狠狠击中，虽然没有任何疼痛感，但是我什么也看不见了。

我仿佛置身于一个滚筒洗衣机中，被水裹挟着无法呼吸，只能借助身体的重力条件反射地把桨往身体的左后方拍水来保持平衡。自己也不知道怎么穿出这个水洞的，重新听到自己沉重的呼吸时，橡皮艇已经被拖曳着急速右拐，映入眼帘的是一排漩涡，我还没想好应对之策，艇尾已经被一个漩涡吸住，往左下方沉。

接着，艇头跟着右旋然后翘了起来，顿时我整个人被一股巨大的力量向后拉扯。于是，我迅速把桨从艇的左后方顺着艇边插入水中，以大腿作为支点，右手使劲向下压，撬动桨往外拨，以此和漩涡的力量抗衡。终于艇尾从漩涡中被拉了起来，橡皮艇停止了旋转，艇头也随之降回到水面。

我松了一口气。

最后的放松

又过了一个弯，峡谷变宽了一点儿，右岸有一处被从山顶滚落的大石围成一个小小的回流水湾。我划艇借助水势进入回流湾，调整呼吸顺便看 GPS，显示漂了 12 千米。

根据北京友人打来的电话提供的信息，结合卫星地图分析，前面1千米处，才是唐乃亥到羊曲最凶险的一段，也是当年黄河漂流队的某些勇士消失的地方。

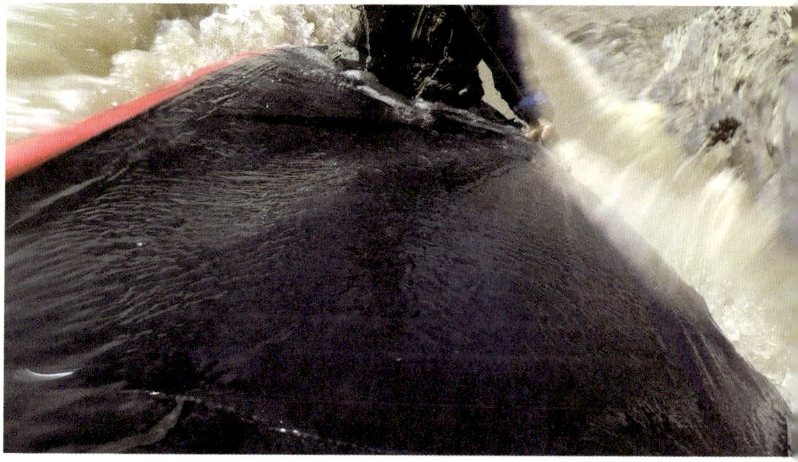

奋力划水，闯过激流

我已经无法控制艇了

于是，我喝了两口水，脑海中把以前处于生死边缘时的应对方案逐个放映了一遍，无数次在茫茫大海、波浪滔天中的自救经验，已经融入我的本能之中。

唯一比较吃亏的是，现在处于高海拔，不过在和死神的对抗中，这点小小的弊端完全可以被忽略。我知道自己不可以停留太久，恐惧感比激流更可怕，它能轻易瓦解人的自信，摧毁人的本能。休息得越久，我越没有勇气面对接下来最凶险的激流。

永不屈服

重新调整呼吸，试着放空自己，平静地经过几个拐弯后，前方传来巨响，眼前升起了水雾，仿若有千军万马踏水而来，鼓声排山倒海般响起，震得我五脏六腑生疼。我已经看见了前面那堵旋转的水墙，带着藐视众生的傲慢姿态，里面还有80年代黄河漂流的勇士的英魂。

我顾不上害怕，橡皮艇像离弦之箭般飞速冲过去，我试图从左边水墙较矮处冲出去，但不管用，水流力量太大拐不过去。于是我紧急放弃，调整艇头正面迎击。离水墙很近才发现，拦腰排在河上的卷浪，并不是横着的，而是约莫30° 斜在河面上，如果继续艇头向着水流的方向，卷浪一定会将艇侧翻。

这种情况似曾相识，我曾在台风前夕的大海上遭遇过。我深吸一口气握紧船桨，心里默数着三二一，在艇要撞上卷浪的一瞬间，我大吼一声，将全身力气倾注到左手，猛烈一桨，把艇头急速扭转，与卷浪90° 相对。

只听到“啪啪”几声响后，世界突然安静了，我被埋入水中，大脑已经无法思考，我只是凭借着本能在挣扎，试图摆脱水流的掣肘。几秒后，艇头被浪花高高拱起，整条艇竖了起来，我完全失去了控艇的能力。

我有种很奇怪的感觉，好像另一个我不知何时飞到了悬崖顶，冷眼看着峡谷里的自己，像个面团一样被卷浪揉来搓去。当两个自我四目相对的瞬间，彼此都明白，听天由命的时候到了，我已经尽力了。

突然“砰”的一声，艇被砸回了水面，我瞬间恢复了清醒，我还活着，而且还是坐在艇上的。我迅速调整坐姿应对紧接着袭来的漩涡。橡皮艇变得好重好重，我使出吃奶的力气才让艇停止旋转，离开漩涡区。

清理积水

虽然橡皮艇有防浪裙，但激流来势凶猛，防浪裙被直接无视了，艇里面灌满了水，变得很难控制。本来一桨就能拐个90° 弯，可是灌满水后的艇，需要三四桨才能拐过来。我掀开防浪裙，拼命瓢水出去，前面已经有隆隆水声传来，最凶险的激流虽然已经过去，我可不想在阴沟里翻船，败在下一个激流上。

接下来的激流，我一个都没有掉以轻心。在激流的间隙里，我还在想着如何改良闪氏火锅的配方。

上岸后，我打电话给羚羊。

羚　羊：你为什么要这么玩命？

闪米特：只有以这样激烈的方式，我才能获知生命的真相。

羚　羊：真相就那么重要吗？

闪米特：对我来说是，只有明白了生命的真相，我才能让自己热爱生活。

开始清理积水

野狐峡求生（上）

两难的抉择

刚过了鬼门关，又遇到奈何桥！

从唐乃亥到羊曲的这条河道终于冒险闯过去了，但接下来的行程又是个艰难的坎儿。

野狐峡岭，是拦住黄河前进道路上的一座山，经过地质运动和奔腾河水的冲刷，山岭被黄河冲开一条缝，形成了野狐峡。我所在的峡谷这边，是羊曲宽阔的河道，过了峡谷，便进入龙羊峡水库静水区。

从地理、地貌和过往的探险经验分析，野狐峡中必然会有凶险激流，而过了峡谷后的龙羊峡 100 千米的静水库区，势必是逆风。这就形成了一个两难的选择，过野狐峡最好用激流艇，峡谷过后的逆风库区适合用我带的另外一条静水艇，但我只能选择其中一条。这样的地形不允许中途换艇，羚羊也只能等我

我在观察这个鬼门关

划到龙羊峡镇上岸后才能会合。

若选用静水艇，我有信心三天划完这段航程，若一直用激流艇，就不知何年何月才能划出去了。记得在珠江班坝水库的时候，我遭遇了5级逆风，尽管我一刻都没有停桨，高强度连划了10小时，却只前进了17千米。若是稍有停歇，激流艇就被风吹得一直后退，前面的划艇功夫就白做了。

那时只有自己一个人，只有一条激流艇，不行也得硬着头皮漂。现在有羚羊做后勤，有后备艇，选择多了，顾虑也多了。

装备的重要性

于是我决定去野狐峡观察水情，发现峡口很窄，只能看见水流流入峡谷的情况，有点儿小漩涡但没有浪，光从峡口水情来判断的话，静水艇是没有问题的，但峡谷里面的情况不在目测范围。

开始进入峡谷

我闯过激浪

这个旋涡没躲过去

在羊曲工作的阿杰告知：他曾到野狐峡顶观察过水情，整条峡谷内部和峡口看到的水情一模一样，都没有浪。而且峡谷不到100米，应该能很快通过。过了峡谷后的龙羊峡水库也长期顺风，这几天更是顺风。

我有点儿半信半疑，这和我的经验判断不相符。不过阿杰的话还是让我在对两条艇的选择上，更倾向了静水艇。毕竟野狐峡只是不足百米的一小段，后面的静水库区却是 100 多千米。以距离比例来看，静水艇更有优势。

权衡之后，我最终决定用静水艇。这是一款充气艇，在漂流黄河前，我曾用它横渡过一次琼州海峡测试性能。虽然它的速度与同款长度的硬艇相比稍显逊色，但循迹性和便携性相当不错，适合我这种到处折腾、玩长途探险的人。

装备的选择和航线相辅相成，很多人质疑我用软艇，那是因为他们从来没尝试过单人长途探险，也不了解便携性在单人长途探险中的重要性。

危机出现

进峡谷前，我还听见羚羊在岸边吼了一嗓子："记得打电话"。我们将要分别 3 天。

入口处水流平静，很快我就能穿过峡谷，进入水平如镜的龙羊峡库区了，那里应该是风和日丽、顺风顺水的地带。我正盘算着不足百米的峡谷，应该五六分钟就能过去的时候，突然听见一阵轰鸣声，心里暗叫一声"不好"。不管愿不愿意，已经没有选择的余地了，峡谷突然一个左拐，水流像练就了吸星大法一般，将 4 米长的静水艇猛向左边峭壁吸去。

我知道要尽力把艇往水流的反方向划，以避免连人带艇被浪抛到岩壁上。我一边用桨平衡着艇，一边高度戒备、等待时机，要等静水艇离峭壁两三米的时候，迅速把艇头转向与左峭壁垂直的方向，以对抗水流冲向岩壁后反弹回来形成的巨大卷浪。否则，势必会被水洞卷翻。

如果用的是激流艇，那么我不会如此紧张，因为之前比这还凶险的情况，艇都能随心而动，转换方向可以做到一气呵成。但现在的座驾，是为了速度而艇身修长的静水艇，无法避免的是转向阻力大，已经无法像激流艇那样，猛一桨就能让艇瞬间转向。

艇翻落水

峡谷内太过狭窄，腾挪不开，最窄处大约只有4米宽，和静水艇长度一样。传说的不足百米也是胡说，事实上峡谷的长度最少也有700米。

尽管我已经拼了老命地挥桨，但艇还是没能瞬间转过方向，从岩壁上反弹回来的卷浪已经劈头盖脸地把艇往上卷了。我迅速打水压桨，浪过，艇头从水里露出来，艇没翻。紧跟着河道一个右拐，拐弯处右岸突出一块岩石，形成一个漩涡，然后又是一个左拐。

右边的漩涡加上跌水，产生了巨大的水洞，艇头不受控制地向着水洞冲去，我知道，如果艇头不能及时跟着河道的拐弯左转过来，而是被右边的水洞吸引过去，就完蛋了。

虽然我在奋力挥桨，但静水艇的惯性太大，转向无法做到瞬间反应。再怎么努力也阻止不了艇头向水洞里钻，与水洞平行的艇，被水洞一扭，眼看要翻艇，我赶紧右手放开桨，往前揪住前甲板的网绳，左手紧抓着桨。

整条艇被卷翻了两圈，随着水流，人和艇脱离了水洞往前冲向左岸的岩壁。我在艇和岩壁之间，如果被这样强大的水流冲向岩壁，加上艇的推撞力，我肯定会被拍死在岩壁上。

没时间多想，我迅速钻下水，从艇下游到艇的右侧。不到一秒，人和艇迅速撞上了左岸的岩壁，由于我被艇挡着，没有直接撞到岩壁。受到艇的缓冲，撞击和水流冲击虽然让我眼花，但是没有地方疼痛，应该没有受伤。

落水

野狐峡求生（下）

上艇

艰难上艇

我打起精神抓住艇和桨，留意浪花的每一个变动，遇到激流在峡谷拐弯产生的漩涡，必须借助艇的浮力以防止自己被漩涡吸到水底。在这样的激流里爬上橡皮艇是不可能的事。只能等待水流把我冲出峡谷，但要确保被冲出去前，自己不会在峡谷内被硬生生撞死。

我喘着粗气，我需要听见自己呼吸的声音。我用力将橡皮艇拉近自己的身体，这是现在唯一能给我安全感的东西。

在激流中一番挣扎后，我连人带艇被冲出峡谷，河道变宽，水流变缓。明媚的阳光下，河水冰凉得刺骨，过往经验告诉我，如果泡在水里超过 20 分钟，就会有生命危险。但是我在激流里挣扎过的双手，没有半分力气。

我感到刺骨的冰凉，体温开始下降，尝试了几次上艇都以失败告终。我发现自己的手微微有点儿颤抖，脚底似乎有重力在拉扯。由于长时间泡在水里，我感到呼吸不畅，于是双手紧紧抓住静水艇。

我不能让自己胡思乱想，我不能让自己知道身体已经筋疲力尽，我不断跟自己说，这是我第一次上艇，是第一次，第一次……我的体能没问题，我从来就没有在上艇中失败过……信仰，是的，我有信仰，我还有月光之神艾露恩。

我鼓励自己不断尝试，终于我重新爬上了静水艇。艇里也全是水，我冻得牙齿直打架。

终于脱险

上艇，在团队漂流活动中不算大事，因为会有其他团友协助你。但是单人探险，很多小事就能致命，因为任何时候，任何事情，你都只能独自解决。

在团队漂流活动中，如果有人失温，会有队友帮你包裹急救毯，会有人马上帮你煮姜汤。而一个人时，什么都要靠你自己。有时动作慢了几分，你活下去的概率便会直线下降。

我努力让自己保持冷静和清醒，尽快划到岸边，清理艇内的积水，脱下衣服拧干。还好天气晴朗，我光着身子晒了一下太阳，体温不久就恢复正常。担心后面没有信号，我给羚羊打电话报了平安。

露宿荒山

观察了一下风向，逆风强劲，最少有 5 级，我必须尽快前行，否则 3 天内划不出去。

在宽阔的水库区居然划出了大海的感觉，水面清澈湛蓝，逆风带起丝丝浪花，如果不是这款静水艇，估计激流艇会完全划不动。即便如此，艇速也很慢，不太可能划到原计划的露营点。河岸沙化非常严重，入眼的都是漫漫黄沙，但我今天没心思考虑沙化原因。只想快点儿找到安全的露营地。傍晚时分，我在一处沙丘靠岸，这里是龙羊峡水库尾，非常荒凉。

看卫星地图，想知道这个地方的名字，找了半天，地图上愣是一个字都没出现。从河边到北边的海南至玉树公路之间，隔着 25 千米宽的沙丘，也许是明显的山头太少，没人给这荒无人烟之地取名字。我姑且把几千米外的峨尔近柔森木沙丘，作为这站的地名吧。

在上岸处观察四周，我发现沙丘高且陡，啸啸北风从沙丘吹向河面，有细沙吹到脸上。如果羚羊在，肯定得命令我顺便去去脸上的死皮了，免费磨砂膏啊。看来我得找个避风的地方，而且得小心沙丘崩塌。

强风之下，沙丘崩塌的可能性很大，这样的地点，在户外探险中不是好的营地，危险系数太高。我尽量在远离沙丘斜坡处扎帐篷，之间留有 100 米左右的缓冲带，应该足以避免我被流沙掩埋。

倾盆大雨

将近天黑时下起了暴雨，风随雨势逐渐增强，白天已是 5 级劲风，现在更是风雨冷厉。帐篷的四角都拉紧了风绳，里面也用重物压着迎风角落，但帐篷还是被吹得猛烈摇动，风绳死命拉扯帐篷，发出刺耳的摩擦声。

为了减轻风绳的负担，避免它被拉断，我用背部顶住帐篷的受力面，也不知道现在是帐篷在保护我，还是我在保护它，背部因为紧贴帐篷很快湿透了。

我一边啃着半块压缩饼干，一边开始担心另外一个问题。因为担心沙丘滑坡，我把帐篷扎在了水边，沙面颜色显示，在龙羊峡水库丰水的时候，我扎营的地方是被淹没的。营地周围，是一些曾经生长在水底的植物，因为河水干枯而死去了。这样的暴雨，会不会使水位上升，把我连人带帐篷一起淹没呢。

如果现在把营地迁移到靠近沙丘的半坡，增加帐篷离水面的高度，虽然可以避免暴雨引起的洪水威胁，但会不会又被沙丘滑坡而掩埋呢？

寥寥无几的腿毛

暴雨夹杂着滚滚雷鸣，啃完了压缩饼干，我也没得出结论：到底是洪水危险，还是沙丘滑坡更危险？如果今天不是这样强劲的逆风，我就能划到相对安全的地方靠岸，无须面对如此两难的选择。

狂风吹起的白头浪疯狂地拍打在岸边，发出激流般的轰鸣声，让我无法在洪水来临前，通过水声进行预警判断。我现在唯一能做的，就是拔腿毛来稳定情绪。这是羚羊告诉我的办法，因为过往遇到类似危险需要保持冷静的次数太多，腿毛已经被我拔得所剩不多，所以我拔得特别小心。

很多人问我，遇到生命危险时，脑海中想得最多的是什么？他们期待的答案多数是，爱人的脸，对探险的后悔，对生活的感恩……

其实，无论遇到多少次生命危险，我当时想的东西都是一样的，就是如何活下去。因为生死之外，再无大事。

第四章

峡谷与水坝的交替

黄河甘肃段的万种风情

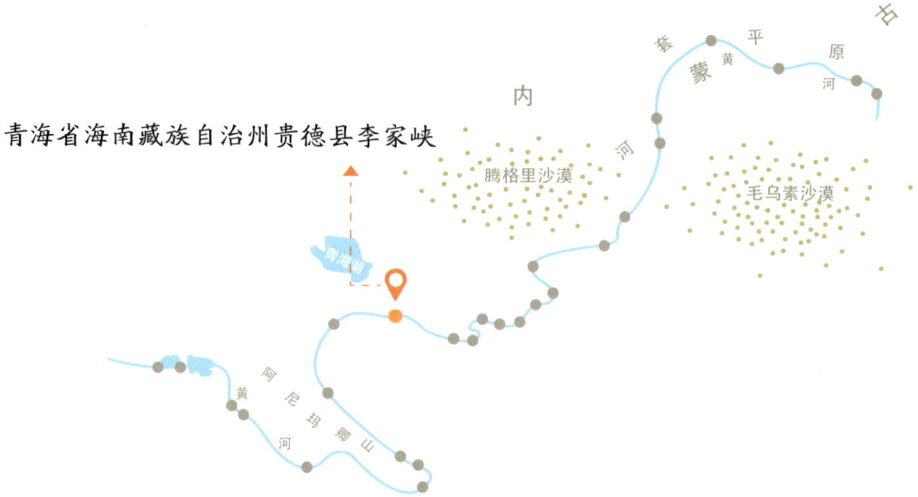

黄河鲤鱼

李家峡

接着，我漂到青海省海南藏族自治州贵德县李家峡了。这里有个李家峡水电站。李家峡水电站位于青海省尖扎县和化隆县交界处的黄河干流李家峡河谷中段，在著名的坎布拉国家森林公园下面，周边由红色砂岩形成的丹霞地貌的群山围绕。

虽然天空灰蒙，能见度很低，但我也觉得坎布拉的红山绿水颇为壮美。和国内许多景点一样，它也有标配的传说，坎布拉意指“康巴人的家园”。我本来对这种森林公园、地质公园挺感兴趣的，但碍于它昂贵的各种票，想想还是来日从水上远远欣赏好了。

浑浊的黄河

下水没多久，我就开始怀念静水艇了，因为河道几乎完全静水，激流艇速度很慢，在酷热天气中一桨一桨地划着实累人。不过两岸的优美风景倒是为航程增色不少，我喜欢看水中的倒影，那些安静的树影和浮云，一碰即碎。

从岸上看，我感叹这河水清澈澄净，启漂后用白色的桨探水才发现，从水面无法清晰地看到20厘米深处的桨叶，可见这水并不太干净。看来我想跳进河里解暑的愿望又无法实现了。

划了7千米，靠近康杨镇附近时，水面开始慢慢出现漂浮的泥巴，和珠江漂流时所见相同。当河水的脏污达到一定程度时，河底的泥土会吸收发酵的沼气，使泥巴中间充满了大量的可燃性气体，当它们逐渐发展为比水的密度低时，就会浮到水面上来。

细思又觉奇怪，7月雨水丰盈，河水流量暴涨，连“天下黄河贵德清”的贵德河段，都因为水流太快而变得浑浊。平时污染再厉害的河水，经过这一个月的洪水冲流，都应该变得很干净才对。到底这两岸有怎样的排污，才使得黄河即使经过一个月的降雨，都无法变得清澈？

河水自洁能力的丧失是一个可怕的征兆。

划行在李家峡水电站

黄河鲤鱼

河面有零星鱼排，偶尔见到网箱养鱼。这段黄河两岸聚居的主要是牧民和回民，牧民不吃鱼，回民饮食以牛羊肉为主，没有浓厚的吃鱼文化，故此对鱼的消耗量低，所以才少有人养鱼。不过，这种表面看起来漂亮、实际上绿油油、氧气含量极低的水，也承受不了大量的鱼类养殖。

黄河沿岸的大部分人认为，黄河的特殊水质，让生活在其中的鲤鱼味道特别鲜美。在贵德时有人告诉我，即使在其他地方人工饲养的鲤鱼，只要放在黄河水里养上半个月，鱼就会吸收了黄河水的精华而变得格外好吃。

纵观黄河上游流域，以前滩多水急，黄河鲤鱼通常需要在流速高达 8 ~ 9 千米的河道中生存，这意味着它们每天都要进行高强度的运动，否则就会一直顺流而下，无法在固定的水域生存。天天运动的鱼当然好吃，这和散养鸡比圈养鸡好吃有一定的共通之处。

不过随着水电站的频繁建设，黄河的生态早就发生了翻天覆地的变化，现在黄河鲤鱼的生存和捕捞基地，基本都在静水区域，无须对抗水流生存的黄河鲤鱼，从理论上来说，不会比过去的鱼好吃。不过，加上名气这味调料，还是挺好吃的。

不会游泳的渔民

以前下意识地认为渔民都会游泳，经过南海的穿越和珠江的漂流，才让我了解到原来不会游泳的渔民很多，而且普遍不喜欢穿救生衣。眼前的小渔船上，两位下网的渔民居然穿了救生衣，我划近看了看，这两位渔民皮肤黝黑，留着长头发，看不出是哪族的人。

这里的黄河水已经没有鲤鱼了

这种漂亮的水其实不适合鱼类生存

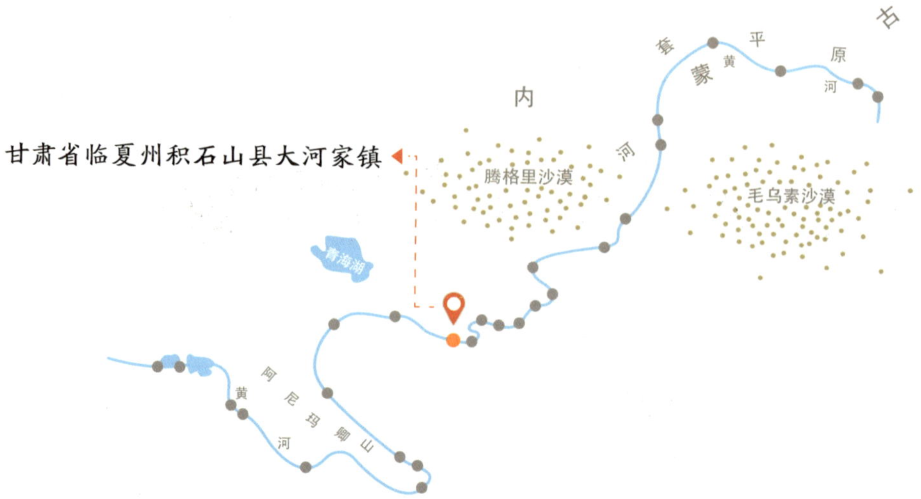

遥望炳灵寺

这里的人们

今天，要从青海与甘肃交界的大河家镇出发，漂到大名鼎鼎的炳灵寺。

从大河家镇出发，水流不快，我一路划一路想这些时日以来和这里的人们相处的点点滴滴。在藏区遇到的回民都很友善，无论是咨询还是照相，他们都非常乐意回应。但是在大河家镇，人们似乎就不是那么乐意沟通了。

也许是因为我们只是过客，没有充足的时间与他们慢慢培养信任的缘故吧。

穿过炳灵水坝

河道在离大河家镇10来千米处，进入窄窄的峡谷地带，好在河道落差不大，炳灵水坝抬升的水位不高，所以河道并没有成为完全的静水区。加上这段河道是东向且顺风，划行起来不算太辛苦。

炳灵水坝建造得很矮，因为这段河流的落差小，如果水坝拦水过高，抬起来的水位会直接淹没上游部分地方。水坝旁直接有公路穿过，我扛起艇从右岸上去，遇见一位看管水坝的阿伯，于是有了下面的对话：

阿　伯：你是来干什么的？

闪米特：漂流黄河，过坝。

阿　伯：这边水流急，你要到河岸左边，看见那条隧道了吗？从隧道穿过去后，往前还有另一条隧道，过了第二条，前面的水流就很平稳，你就安全了。

谢过阿伯的指点，我准备继续前行时，被阿伯拦住说，我还是亲自带你去左岸吧。

阿　伯：你漂流黄河，不危险吗？

闪米特：挺危险的。

阿　伯：就你一个人？

闪米特：嗯，一个人。

阿　伯：多找个人不是更安全吗？

闪米特：多一个人，就多一份危险。

阿　伯：你漂到山东还要两个月吧？

闪米特：还要五个月。

阿　伯：你漂黄河，是来吃苦的吗？

闪米特：我是玩探险的。

阿　伯：探险不就是吃苦吗？

闪米特：对对，阿伯，探险就是找苦吃的。

阿伯一边领我过坝，一边快速地把水坝前面的情况和峡谷的情形，一一交代。但阿伯说方言的语速太快了，我跟不上节奏，脑海里没记住任何信息。

炳灵寺

和阿伯在第一个隧道口告别后，我独自穿过隧道。我研究了一下地图，如果按照阿伯的建议，穿过第二条隧道的话，意味着我要背着行李徒步十几千米，才能绕回黄河边。

我打算另寻捷径，沿着黄河边悬崖上的一条道路，寻找可以便捷下水的地方。路离水面有20多米高，我观察发现，有一处河岸堆着些乱石，形成了一个斜坡，应该可以试试能否从那里到达河边。

山峰顶上的薄雾

背着大包，将橡皮艇放到石堆上，往下慢慢推，折腾了半小时，连滚带滑地溜到水边。因为下水处离水坝不远，水流流速很快，感觉眨眼间，就漂到了 2 千米外的炳灵寺。

暴雨让炳灵寺一带屹立的山峰，笼罩上一层薄雾。这里是佛教和道教的圣地，每年都有大量游客坐船过来游览，现在大概受暴雨影响，没见到太多游船，使圣地愈发显得宁静壮美。

我其实对这种有历史底蕴的地方很感兴趣。但国内只要被旅游局圈住的景点，游客体验都非常差，旅游局满脑子想的，都是如何从游客口袋里掏钱，很少会提供让消费者感觉良好的服务。这些被旅游局圈起来的神佛，是否还那么法力无边，我也要打个问号。

炳灵寺修建于 1 600 多年前的东晋时期，寺内石雕、浮雕佛塔和密宗壁画，具有极高的艺术价值，与莫高窟和麦积山石窟齐名。从炳灵寺的壁画中，可以看到遥远的东晋十六国时代西北地区的社会风貌、音乐舞蹈和装饰艺术。

但炳灵寺所在的积石山山岩的地质结构，虽然易于开凿雕造，却不耐风化和潮湿，部分佛像损毁严重。加上新中国成立后那段特殊历史时期的人为破坏，以及当地百姓造成的损毁，使得炳灵寺难以恢复原貌。

随着古“丝绸之路”的衰亡，炳灵寺渐渐地失去光彩。刘家峡水电站的修建，也让一部分寺内的石窟被永久地淹没于水底。2014年，炳灵寺石窟作为中国、哈萨克斯坦和吉尔吉斯斯坦三国联合申遗的“丝绸之路：长安—天山廊道的路网”中的一处遗址点，被成功列入《世界遗产名录》。

希望申遗的成功，除了让景点门票涨价之外，也能让当地政府投入更多的人力和物力，去维护这颗曾经闪耀在古丝绸之路上的明珠。

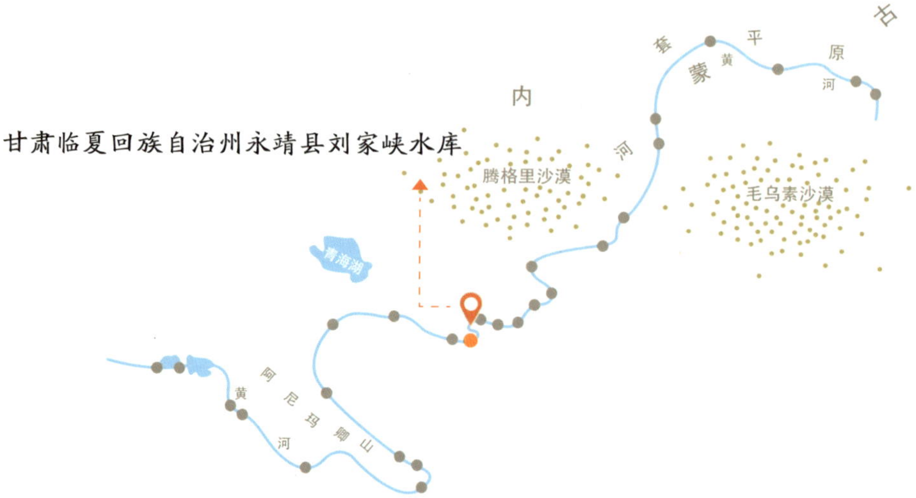

空虚寂寞冷

温差与气压

不知为什么，情绪有些低落。

不知不觉中，已经到了下午五点，我漂流整整一天了。虽然离天黑还有几个小时，但漫天乌云、连绵大雨让气温提前下降，坐在冰冷的橡皮艇里的我感到阵阵寒意。

看了看地图，出了炳灵峡应该就是刘家峡水库库区，按理说我应该划行在宽广的湖面上才对，而实际上，这里依旧是狭窄的河面。

水依然是黏稠的黄泥水，流速相当快。我打算就着水势继续前行。想去河面宽广、没有黄泥沙沉淀的岸边露营，也方便我取淡水饮用。过炳灵水坝的时

黏稠的黄河水

候，为了减轻负担，我已经将水倒掉只剩空罐了。

但越划越冷，青藏高原与黄土高原的过渡地区，温差特别大。缺乏植被的黄土坡，白天被太阳一晒就变得很热，而裸露的黄土保温性能很差，太阳一下山，热量就会迅速散去，就变得很冷。

虽然这里跟沙漠里沙子的散热速度比还是差很远，不至于像沙漠那样，白天、黑夜温差有40℃，但这里昼夜20℃的温差也让人够受的。

我还遇到了一个比较大的问题，是橡皮艇充气不足。下水时天气晴好，橡皮艇显得生气满满。经过一轮暴雨后，气温显著下降，艇内气压对温度很敏感，气压随着温度下降而降低，导致艇身变得软塌塌的，抗浪能力也随之下降得厉害。

宿营

来往于刘家峡码头与炳灵寺的高速快艇，经过我身边时泛起的浪，之前几乎没有感觉到，现在浇到橡皮艇内，冻得我大腿冰冷。橡皮艇慢慢变得沉重起来，越来越难控制了。

我想赶紧靠岸，左岸是一片草地，离河面大概半米高，看上去很平整，很适合露营。我划艇靠近，岸边是红土和黄土混合沉淀的黏土，看上去很硬，但经过了两场暴雨之后，变得湿淋淋的。脚踩上去，脚和鞋子立刻下陷，还好红土沉淀的黏土，只是表面被雨水泡软，里面还是很硬，脚只被陷下去 10 厘米左右，于是我脱掉鞋子，光脚到草地上寻找露营地点。

这里是很大很平的一片黏土草地，远看是绿油油的茂盛草坪，近看却是稀稀落落的小草。虽然地很平，但被雨水淋透了的黏土地面，踩踏的地方都变成了泥浆。我不能在泥浆上扎帐篷，只好赶紧回头。

我犹豫要不要给橡皮艇吹气，但一想到要把行李都倒腾出来才能加气时，决定放弃了。我赶紧离开这片泥浆地，另找地方露营，避免身体失温才是上策。

清晨的刘家峡

与白骨为伴

冷，我哆哆嗦嗦地上艇，冷不防又一条快艇经过，卷起的浪在岸边翻滚起来。我刚好一脚踩到气压不足的艇上，准备坐上去。被我一脚踩着已经变形，向中间挤压的橡皮艇，被翻滚的浪推挤着，又被灌进了不少水。

上艇后，我整个下半身都坐在冰冷的泥水里，划着已经不太灵活的艇，在雨中寻找可露营的地方。

我很心急地左顾右盼，发现河岸右侧陡峭的山坡后面，延伸出一片平地。赶紧划过去，我需要上岸，即使还是泥泞的草地也要扎营，因为身体的失温，已经容不得我继续寻找合适的露营地了。

上岸后，我发现和前面一样，黏土草地在雨水中变成一片泥泞。

与白骨为伴

草地边的山体滚落了一些石头下来，虽然比较干爽，但我也不可能在乱石中扎营。我往石堆附近查看，发现乱石坡与泥泞草地之间，有一小片沙质的草地，脚踩上去也很硬实，决定就睡在这块湿润沙地了。

沙地不大，只是乱石和泥浆地之间的过渡地带处有一根人骨，孤零零地躺在沙地上。坦白说，我真不想在一根来历不明的人骨旁边扎营。但已经半身湿透，渐渐失温的我，没有更多的选择。

彻骨的冷，噬心的饿

突然下雨了，我用最快的速度撑起帐篷，仍无法避免内帐被淋湿。还好我带的是高山防潮垫，5 厘米厚的垫子可以将我和湿润的地面隔开。我赶紧脱掉湿淋淋的衣服，裹住睡袋。没想到降温降得这么厉害，所带的夏季睡袋不管用，套上了还是冷。

为了减轻过坝时的负重，我没有带任何换洗的衣物。想喝点儿热水取暖，却又不想冒雨去黄河取泥浆水过滤。虽然带了过滤水壶，但这段河道泥沙含量实在太高，使用过滤水壶的话，会极大缩短过滤水壶的寿命。

过滤器不光价格昂贵，而且人在旅途要重新购买新品也不方便。为了应对后面行程中可能会遇到的缺水危机，我决定还是先忍一忍，尽量先不用过滤水壶。

太冷了，缩在睡袋里半天都没暖和过来，还是爬起来，去黄河边取点儿水来烧，让帐篷里能暖和些。除了睡袋和防潮垫是干的，其他的东西都在淌水。我用锅烧着泥浆水，试图用火的热力，把自己和其他行李烤干。

雨一直下，不够保暖的睡袋，让人整夜难以入眠。风一直吹，河水拍打在岸边的声音，掩盖不了雨敲打帐篷的声响。“嘭、嘭、嘭”，感觉像是帐篷外面那根来历不明的人骨，在敲打着帐篷。

“咕，咕”，肚子饿得叫唤了两声，身体的本能真是强大，这么恐惧的时候，还实诚地记得自己饿了。我不敢吃东西，不然会越吃越渴。

大脑里却不由自主地浮现出好多食物的画面，又想起羚羊经常惦记着穿越回古代。她看脑残小说太多，总惦记着穿越回古代可以胡吃海喝，食物既新鲜又安全。

绵羊君

早上“醒”来时，天空蔚蓝一片，初升的太阳，把昨天萎缩的橡皮艇，烤得胀鼓鼓的。我把被雨水泡湿的衣服、睡袋、背包和鞋袜放到乱石堆上晾晒。

这个睡袋其实早该换了，它跟随了我 7 年，上山下海，陪我度过了无数个探险之夜，已经陈旧得又硬又薄，失去了保暖作用。我却舍不得扔掉。

去吃早饭的“绵羊君”好奇地看着我倒腾这点儿破家当，我猜它心里肯定想：有这闲工夫，干吗不去多吃几口草？一想到吃的，我又难受了。

古代很多航海家就因为这口吃的，死于败血症。远航的麦哲伦、哥伦布船队，大部分水手都因为长期没有新鲜

“绵羊君”来访

蔬菜食用，导致体内维生素缺乏，以至于最终患上败血症而死在远航的途中。郑和下西洋没有出现类似败血症，很多人认为是因为他们带了大量的绿豆，靠绿豆芽来补充维生素。

其实这种说法过于神化绿豆了。欧洲船队基本都远离海岸线，进行横穿大西洋、绕行好望角之类的航线，常常一两个月见不到大陆，补给难度相当大。而郑和的航线，基本是近岸航行，一路都有港口，可随时补给各种食物，即使没有绿豆，也能补给到各种新鲜蔬菜。

当然无论是欧洲船队还是郑和，都没法和我比，因为我有人工合成维生素，大家再也不用担心我会死于败血症了。我掏出一颗干咽了下去，“绵羊君”看后自卑地走开了。

刘家峡的花椒 / 羚羊很陶醉的模样，其实没有那么好闻

刘家峡危机

有趣的马哥

收拾好东西，告别了“绵羊君”们，正要出发时，突然身后传来一阵摩托车声。回头一看，来了一个光头大汉，约莫50岁年纪，好奇地打听我的来历。听我一番介绍后，这位自称姓马的大哥来了兴致，兴致勃勃地和我聊了起来。

马　哥：黄河的源头麻多乡，有一条黄河大桥，叫天下黄河第一桥。

闪米特：马哥怎么知道的？

马　哥：我年轻的时候喜欢到处走，听说黄河源头是一条叫什么约古宗列曲的，就去了。

闪米特：马哥还挺了解黄河的。马哥家里是养羊的吗？我刚才看见一群羊经过。

马　哥：那群羊是我没事养的，过年杀来吃，不卖钱。

闪米特：你们种小麦吗？

马　哥：我们这里以前是种小麦的，现在不种了，改成种花椒了。

闪米特：小麦没花椒赚钱？

马　哥：当然，小麦一斤才一块钱，一亩地一年最多产一千斤，也就一千块钱。花椒一斤能卖三十块钱，虽然一亩地花椒只产三百斤，没小麦多，但三百斤花椒能卖一万多块钱，是小麦的十倍。所以大家都不种小麦了。花椒也没种小麦麻烦，小麦要播种、除草，很费功夫，很麻烦，要费很多人力。种上花椒后，你根本不用管它，就洒下肥，然后就天生天养。收割的时候，把花椒从树上摘下来卖就是。

闪米特：所以你才这么有空？

马　哥：是啊，自从改种了花椒，不光收入比以前多了，还闲得很。我喜欢开摩托车到处去，看新鲜的地方。我老婆不喜欢我到处跑，老担心外面不安全。

闪米特：那你不听老婆话？

马　哥：我就说出来放羊，然后骑着摩托车出来转，整天在家里待着，多没意思。

马哥帮我抬艇下水。因为昨晚到现在都没喝水，我希望尽快划到刘家峡水库水清的地方取水，或到有人烟的地方靠岸买水。但地图明明显示我已经在刘家峡水库里了，事实上还是一条几十米宽的河道，水流很快，依旧是黄泥浆水。

我只好打电话给羚羊，让她想办法提前与我会合。

逐渐消失的刘家峡水库

从炳灵寺开始，这一路十多千米到处是密密麻麻的清淤船，连半夜都听到作业的声音，估计清淤资金投入不菲。刘家峡库区沿岸植被稀少，河岸经常发生滑坡和崩塌事件，水土流失严重。

沿岸的永靖、东乡、临夏、积石4县和临夏州每年都会投入大量的人力、物力、财力，开展库区生态环境综合治理工作。但从这一段漂流观察的结果来看，刘家峡库区生态形势仍然很严峻。我的右侧已经有清澈河水出现，只是与浑浊河道隔了一片淤泥滩，因此无法划过去。

划了有 10 千米，大约过了刘家峡水库库区的三分之一，中间的淤泥滩逐渐消失，水流变平缓，不远处是一片蔚蓝的清澈河水。这种景象很奇特，同一片水域没有任何间隔，河水的清浊界线居然如此泾渭分明。

从卫星图片看，刘家峡水库的清浊分界线，在不断地向前推进。卫星地图影像是 2013 年 4 月 10 日拍摄的，距离我漂流的时间已经两年零三个月，而含有大量淤泥的浑浊水线，却在这期间向前推进了 300 多米。

整个刘家峡水库长约 22.8 千米，按照我的漂流轨迹测量，完全淤泥浊化的库尾有 7.6 千米，如果按照现在淤泥的推进速度，恐怕很快，整个刘家峡水库就会被淤泥吞噬。

据说刘家峡水库的有效库容，已由建坝时的57亿立方米减少到42亿立方米，损失库容15亿立方米，严重地威胁了水电站的正常运行和使用寿命。

“高原明珠”

羚羊已经开车到了上金村附近的水边，我狂饮了她递过来的两瓶水后，终于缓过一口气。我们商量了一下，决定换静水艇，因为后面都是静水区域，继续用激流艇的话，只能按照原计划用3天时间划完。如果用静水艇的话，我就能争取在两日内完成。

景色不同，划行的感觉真的差别好大。之前浑浊的河水，实在让人无法联想到“高原明珠”这个关于刘家峡的别称。这一段河水清冽，两岸奇峰对峙，壁立千仞，算是真正的高原平湖风光。也难怪大家将它与桂林山水和长江巫峡相提并论，并将它开发成热门的旅游景点。

蓝天白云的倒影，让我不禁遥想被掩埋在水底的那些石窟佛雕，那些新石器时代的遗址。水电站让人们享受了现代的繁华，也让历史遗迹永无出头之日。也许，这就是彼此的宿命吧。

距离刘家峡水坝还有5千米时，天空被乌云笼罩，冰雹伴随着狂风倾泻而下，逆风下的冰雹，打得脸生疼。好在换了速度不错的静水艇，硬扛了这最后一段航程。我在天黑前到达刘家峡水坝，上岸。

上岸后，遇到几位在当地海事局上班的工作人员，他们开始时并不友善，听说我是从源头漂下来后，态度好转了许多。他们提醒我注意安全后，并未再为难我。

最终，原定 3 天 78 千米的静水行程，减少了一天，两天时间完成。

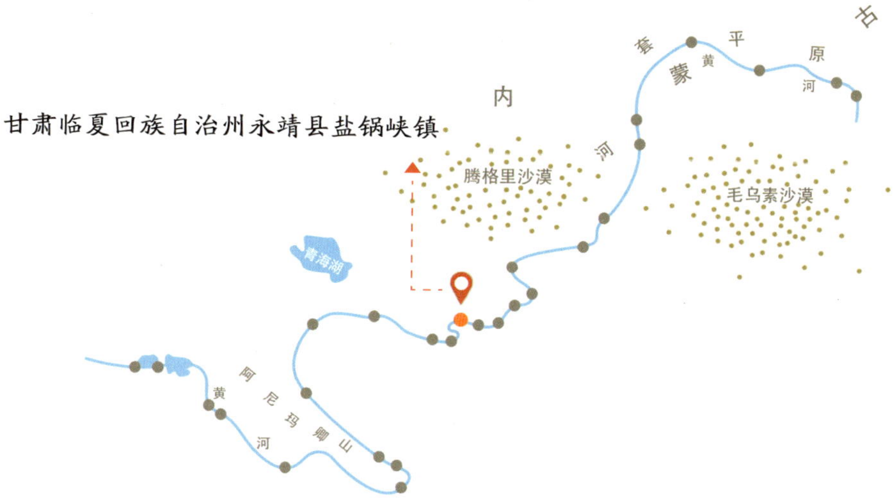

盐锅峡奇遇

高级下水点

接下来，要从刘家峡到达新城镇，这里距离黄河源头已经有 2030 千米了。

我喜欢在水上观察眼前呈现的每个生动细节。有时，它们像蜂蜜，让你觉得生活有滋有味；有时，它们像洋葱，总有那么一层会让你流泪。

在刘家峡镇下水的地方，是漂流到现在遇到的最高级的下水点，河岸旁的太极广场，用花岗石修了阶梯通到河边。黄河穿过刘家峡市区，刘家峡镇被黄河从中劈开，分隔在两岸。我们住的客栈，就在黄河边上的太极广场旁。

过了刘家峡水坝后，黄河水流很快，河水含泥沙量非常大，溅到手上有点儿黏稠感。如果把这里的黄河水装到高脚杯里，估计挂壁性不会比法国的 V.S.O.PXO（法国著名葡萄酒）差。

观光船

河道中间有座小岛，长满白杨树和柳树，好像名字叫“太极鸟岛”，吸引了一些游客坐观光船到岛边赏鸟。我却一只鸟也没看到，不知道是不是经过的时间不合适。当时正是大中午，非常闷热，我穿着厚厚的救生衣，热汗直淌。

从大河家镇往后都是黄土高原地貌，除了黄河边水资源丰富，植被比较茂盛外，放远望去四周都是光秃秃的黄土，植被稀少。裸露的黄土白天被太阳一晒，温度急速上升。烈日当空下，只有我这么另类，傻乎乎地顶着火辣的太阳划艇。

前面那条观光船，虽然有顶棚遮挡着太阳，也没几个人乘坐。可见鸟岛上的鸟也不笨，大概都躲在树荫里避暑了吧。

没有几个人的观光船

高原的黄土保水能力差，土地干枯，很难种植庄稼。但随着科技的发展，现代化工具的使用，先进抽水系统的普及，特别是高压抽水系统的应用，原来

前面就是盐锅峡

很多不毛之地，都变成了绿色庄园。

穿越盐锅峡

经过几个小时的挥汗如雨，终于漂到了盐锅峡附近，这是我经过的第17座水坝。两岸是褐红色的岩壁，像生锈铁锅的颜色。这里的岩石含有大量的铁，经过氧化后变成氧化铁，才使得岩石看上去呈褐红色。从地貌来看，这里应该叫“铁锅峡”更合适。

我看看路程，当天漂流了28千米，已经到达了和羚羊约定的地点。遗憾的是，羚羊停车的河道右边是悬崖绝壁，我无法靠岸。于是只好放弃让她接我的打算，划到左边寻找上岸点。水坝处于半截流、半泄洪状态，艇已经离水坝很近，流速依然很快。我必须尽快靠岸，不然被水流裹挟着冲去泄洪处的话，就完蛋了。

拼命翻过山坡

我用尽全力划到左边一片开阔的平地，划过去才发现，这所谓的平地原来是长满了1米高水草的湿地，目测有几百米宽，根本无法靠岸。没办法，我只好用手揪住艇边的水草，紧急刹停船，转过头往回划。

突然想起以前的一种职业——黄河上的纤夫。船要从黄河逆流而上，是这些强壮粗犷的纤夫们用肩膀创造了这个奇迹。我用这些纤夫的精神来激励自己，喊着纤夫的号子来给自己鼓劲。逆流划了十来分钟，艇大概前进了 200 米，我快速地扫描着左岸地形，前面大概 100 米远有一处山坡，应该可以勉强爬上去。划到山坡边，我迅速上岸，观察了一下地形，发现没有路。

我怀着侥幸心理，想着先一鼓作气扛着艇硬爬上去试试。天气预报说当天气温有36℃，没有一丝风，阳光毫不留情地炙烤着这片大地。扛着艇让我重心不稳，只能手脚并用地往上爬。爬了30多米，大概十层楼高，我就泄气了，这比我以前爬一千米高的山还累啊。于是我喘着粗气将艇放到地上，拆艇装包，顺便歇了一口气。我把艇装包后，背到身上继续翻山。往前是一片乱石坡，我手脚并用才翻过去。好在我拆了艇，否则在这样的乱石坡上，扛着艇会寸步难行。

遭遇阻拦

过了乱石坡，遇见一堵铁丝网围栏。围栏的铁丝上，密密麻麻地长满了铁刺。两米高的带刺围栏，我翻不过去，无路可走。从地形位置看，我所在的地方，应该还在盐锅峡水电站一带。估计铁丝网是为了阻止外人进入水电站的。

翻山

我四处打量，发现左边有一条干沟，围栏从干沟上面横过，底下有1米多高的空隙。我从干沟里的缝隙穿过，走上了一条羊肠土路，顺着这条路继续往上攀爬。我背着静水艇，顶着歹毒的阳光，大约攀爬了400米。我很着急出去，因为我穿的凉鞋被这恶劣的山路弄坏了，而且我已经把携带的水都喝完了，现在又渴又累。

在山顶眺望了一下，看到有条路通向水坝及河流下游。路的尽头，是一个大门。我非常兴奋，就快步朝这个大门走去。当我离大门10米远的时候，突然跳出一个穿制服的小姑娘，拦住了我的去路。

小姑娘：这里是电厂厂区，外人不可以入内，你赶紧离开吧。

闪米特：好的，我从前面大门出去，马上可以离开你们厂区了（我一边说，一边向大门走去，小姑娘赶紧把我拦住）。

闪米特：你不是让我出去吗？

小姑娘：我是让你出去，但不是让你从我们的大门出去。

闪米特：那我怎么出去？

小姑娘：你从哪里进来的，就从哪里出去。

我正哭笑不得时，一个中年女人也走了过来。

中年女人：我们厂的大门只有工厂职工可以进出，这是规矩，懂吗？

小姑娘：你从哪里进来的，就从原路出去。

闪米特：我漂流黄河，你们电厂把黄河拦住了，我背着几十斤重的艇，从你们电厂水坝前面上岸，爬了几百米高的山，下山时不小心进到你们厂的。我现在从大门离开不就行了吗？

中年女人：不让外人从我们的大门出，这是规章制度，你懂吗？亏你戴个眼镜，看起来像读过书的人，连规章制度都不懂？

闪米特：大门就在前面十米远，我已经累个半死了，难道你让我背着几十斤重的艇，回头再爬几百米高的山出去吗？我的水也喝光了，我怕我会体力不支，死在半山呀。

小姑娘：这是你自己的事。

翻滚下坡

我看了她们一眼，希望她们能够动点儿恻隐之心，让我从这扇仅仅只有 10 米远的大门出去。

迎来的，只是鄙视和戒备的眼神。我想，即便我死在山上，她们也只会嘲笑我干了这么丢人的事吧。罢了，我转身，原路返回往山上爬。后来，有人支着说：你也可以耍赖，就说不让从大门出就要渴死、累死在他们厂了，看他们怎么办。

但这个技能我当时还没有学会，觉得自己的小命要紧，也着急去找水，而且跟她们耗不起的另一个原因，是因为我离当天的目的地新城镇，还有十几千米，期间还要翻越另外两座水电站。我在一个山坡上四处转悠，看见右边有一个山谷，谷底有挖土车在作业。既然有挖土车，就有路。但是这么陡峭，怎么下去呢？我试着踩了几脚，立马有碎石滚落下去。对了，艇包可以利用。于是我赶紧把背包放下来，利用扁平的艇包作滑板，双手按住包，就滚落了下去。

到了谷底，我检查了一下自己，没有受伤，只是在滚落的过程中，脚被一块尖锐的石头划破了一个口子，流了点血。

还好没死。

在出山口与羚羊会合后，我赶紧拿过水来狂饮。

后面的路程就比较顺利了，而且这段航程都有公路贴河边，羚羊可以一直跟着我。在八盘峡大坝前，我吸取盐锅峡的教训，在离大坝两千米的地方赶紧上岸。

过了八盘峡大坝，很快，黄河中的第 19 个大坝——河口大坝到了眼前。这里也是我今天的终点——新城镇。

无法呼吸的兰州

要命的兰州交通

到达新城镇的时候，考虑到离兰州城只有30千米远，我们决定到兰州过夜，感觉在省会城市找旅馆应该便宜又便利，翌日早上开车回新城镇下水，而且这段路程，羚羊送我也不远。没想到的是，兰州交通拥堵不堪。从新城镇到兰州城关区短短30千米，开车花了两个小时。旅馆也不便宜，很多都不提供停车位，我们只好开车回头到七里河区找住宿。

那里是兰州理工大学所在地，一般校园附近都有比较廉价的消费场所。这短短的 7 千米，我们又开了 1 个小时。加上来来回回寻找旅馆，对比价格，等最终入住的时候，已经是晚上 11 点了。

考虑到拥堵的交通和停车场里见缝插针的车位，第二天没让羚羊开车送我。但拦了好几辆出租车都不愿意载我去新城镇，最后我上了一辆三轮车。但

俯瞰兰州

在距离目的地还有一段距离的时候，三轮车师傅停车解释道：我们三轮车不可以去那里，交警看见了要罚款的。所以他只能在这里放下我，不是他不愿意把我拉到目的地。看看地图，还有1.4千米，我没有争辩。我已经不愿意再这样耗费精力了。我背起行李下车，一路走过去。

黄河最大的“支流”

就这样一路折腾，到达新城镇时已经不早了，还好当天水路只有30千米，水流速度也不错，唯一要过的柴家峡水坝，也有道路通行。我只需要在激流和河道拐弯处，使点儿力气划桨控艇，其余时间可以用心观察两岸。

7 月的兰州，经过连续半个月的雨水冲洗，天空一片湛蓝。但进入西固区河道时，一股刺鼻的异味传来，很快我的眼睛就感觉到不适。

最大的支流

河面开始有小激流，原来是右前方一条大型化工厂的排污水渠，正在向黄河排污水。水量之大堪比一条支流。从刘家峡镇到这里的几十千米河段上，有黄河几条支流，水流量都远远比不上这条工厂排污水渠。

竟然有裸泳的人

河水的泥沙含量很高，黄汤似的水面上能看见漂浮着的白色泡沫。这里某些人的适应能力真的好强大，我觉得熏鼻、熏眼的地方，居然有人在裸泳，这景象让我感到非常的不可思议。还有一件神奇的事情是，在一家化工厂的江边，刺鼻的河水熏得我都流眼泪了，而岸边却有人在钓鱼，尽管他告诉我钓了一上午也没钓到一条鱼。

也许是7月38℃的高温让兰州人忍无可忍，也许是这样的河道对他们来说已是常态。广州的市长每年要游一次珠江，以此向广州市民证明，珠江污染的治理已经卓有成效。而兰州人民，显然比广州人淳朴得多，根本不需要市长带头，自己就裸着跳下去了。

尽管天气闷热难当，我也没有勇气跳到黄河兰州段的水里去感受母亲河的抚慰。

兰州人的牺牲精神

河岸边有生活垃圾，有工业废弃物，有建筑废料。我不知道生活垃圾臭不臭，因为鼻子已经被化学气味刺激得闻不到其他气味了。再次环视四周，水里有泛着白色泡沫的化学排污，岸上有各类垃圾，天空中有烟囱排出来的滚滚烟尘，这水陆空的壮观景象，让人觉得一阵窒息。

兰州，为什么如此有牺牲精神？在珠江漂流时，发现沿江城市的规划有一个共性，大家都在自己城市的上游取水，下游建重型污染工厂。如此一来，工厂既能创造经济效益，也不会污染自己城市的水源，只会祸害下游城市。

而兰州明显更有博爱情怀，所有大型污染工厂不但集中建在黄河边，还都建在自己城市的上游，誓要和下游城市共患难，同饮这被水陆空齐齐污染过的黄河水。吃饭的时候，我问饭店老板：

闪米特：老板，你们不觉得这里这个气味好刺鼻吗？

老　板：习惯了，现在鼻子已经被熏得闻不到其他气味了。

显然，我又一次被人类的适应能力震惊了。

第五章

人类与自然的交锋

“塞上江南”的黄河奇观

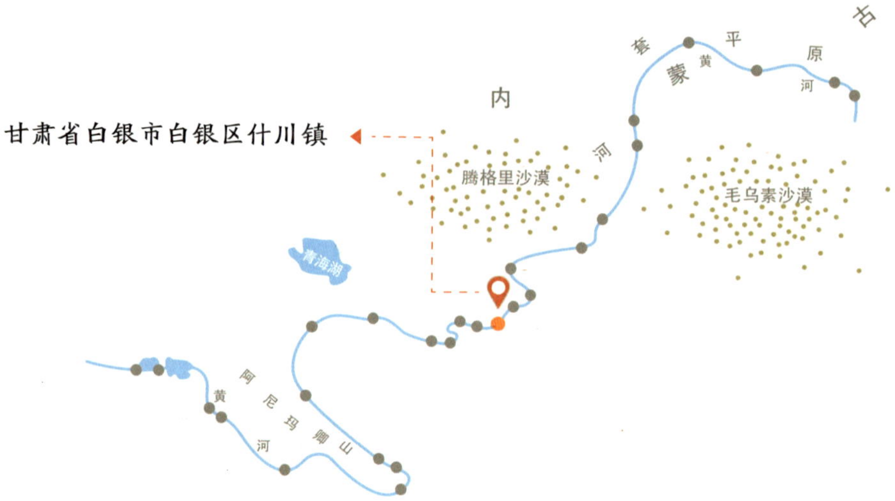

我不是一个懦夫

世界第一古梨园

黄河在到达“什川镇”时，向西来了个大拐弯，过了镇后，回头向东。在这个黄河大拐弯处，凹下去200米深的一个盆地，盆地四周是1700米海拔的黄土高坡。盆地在黄河的庇佑下，成了这茫茫黄土中的一个小绿洲，什川镇就坐落在这片绿洲之上。

这里是“世界第一古梨园”的所在地，据说最老的一棵梨树，距今有438年的历史。河边、路边和庭院里，都能看到高大古拙的梨树身姿。一直穿行在贫瘠的黄土高原，突然看到如此高大茂盛的植物，想象着他们穿越了400余年的岁月沧桑，依然迎着太阳茁壮生长，顿时感觉自然真的很美好！

几番犹豫后，我让羚羊开车把我送到了2千米外的什川镇的黄河大桥下水。虽然这段河道理论上没有激流，选用静水艇会比较快，但我担心万一翻艇落水，就要与黄河水亲密接触了，还是决定保险一点儿，用速度慢但稳定的激流艇。

漫长的一天

附近的河岸，从原来的黄土石壁，变成了水草丰美的湿地。这里，是水鸟和鱼的乐园。水流从这里开始变得缓慢，不知为何这里无人捕鱼，丰富的鱼粮把水鸟养得肥肥大大的。一只水鸟被突然而来的艇惊吓到，努力扇动翅膀，在水面上扑棱了十多米，又掉落水上。

我继续在黄河上独自划艇前行。每一桨下去，都无可避免地带起水花，飞溅到身上，风大时，水会被溅到脸上，而这水就来自上游……

那一天的时间，过得如此漫长，远远看见大峡水坝，我就迫不及待地上岸。过了大峡水坝，我打电话让羚羊提前到水川镇的黄河边等我。我没有立刻下水，而是等到羚羊告诉我，她已经到达会合点后，才重新下水划向当天的终点——水川镇。

乌金峡水坝

黄河的水川到靖远段，中间有一个乌金峡水坝，使得水流相当缓慢。加上当天刮东北风，逆风抵消了仅有的一点儿水流，变成了静水划艇。

也好，有时候让身体疲劳一点儿，反而可以放空自己，让大脑得到休息。10千米的静水行舟，奋力划行，不到两个小时，就到达了乌金水坝。右岸有一条贯通水坝上下游的土路，上岸时我已经相当疲劳，扛着艇，肩膀有点儿微微发抖。

划过乌金峡水坝后，水流变得相当快。加上出了乌金峡谷，东北风减弱，划行变得轻松起来。偶尔在河道拐弯处，还泛起一级左右的轻度激流。

漂在黄河上没有任何遮蔽，只能任由火辣辣的阳光暴晒，倒也觉得很爽，我喜欢阳光的味道。

快到目的地白银市靖远县时，天空变得灰蒙蒙的，无法判断是要变天了，还是雾霾所致。

一个人脆弱的时候，更需要人来陪

我有些坚持不下去了

我自认为是一个坚强的人，一个勇敢的人，一个任何时候都能够坚持到底的人。到目前为止，我的漂流行程已经有几万千米了，也遇到过很多困难，有风吹日晒，有激流险滩，有鳄鱼鲨鱼，也有好人坏人……有些情况非常凶险，一不小心就会有生命危险。有时候也会感到后怕，但这些困难都被我克服了，也没能影响我漂完黄河的决心。

但是现在，也就是从兰州开始，我的情绪一直都比较低落，甚至产生了放弃漂下去的念头。

我不怕困难，不怕危险，但我怕失望。

甘肃仅仅是黄河流域上不怎么发达的一个省份，就已经如此触目惊心，接下来的航程会看到什么样的景象？

我有些不敢想象。

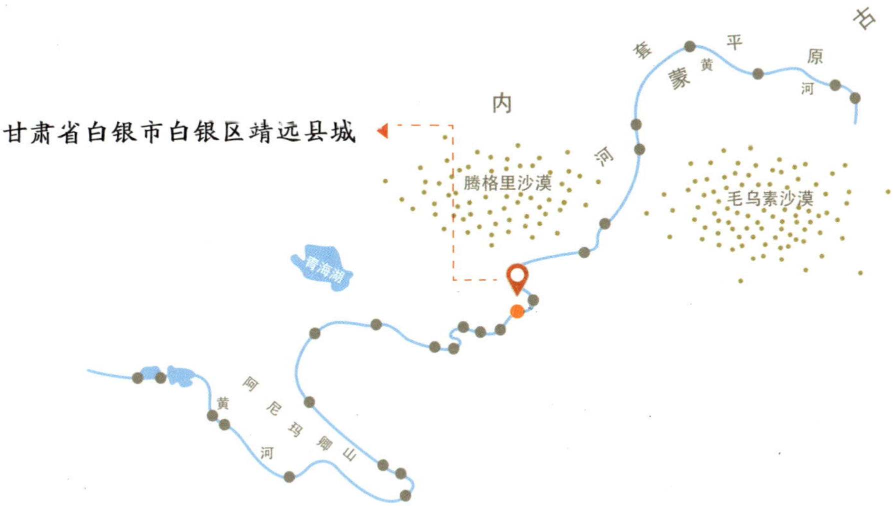

美味的羊皮筏子

沉默的漂流同伴

接下来两天的漂流行程，第一天从靖远县城到景泰县龙湾村，第二天从龙湾村到五佛乡。由于羚羊开车无法抵达龙湾村，于是只好分开，离别前我做了顿她爱吃的闪氏大肉火锅。

头天的雨水不仅使黄河水流加快，为我省了不少力气，还给我的漂流带来了一些同伴，与我一起随波逐流。

这些同伴是塑料瓶、泡沫块、鞋子……要是它们能说话就好了，我们可以分享一下彼此的漂流心得，打发这一路的寂寞时光。

水中的黄河石林

钢缆横江

仗着雨后的高速水流，我给自己设定了 70 千米的漂流计划，目的地是龙湾村，也是著名的景点——黄河石林的所在地。

过了一条跨河大桥不久，远远看见前面有采沙船，我马上小心翼翼起来。采沙船在河面工作的时候，一般会有一根横跨河面的钢缆来固定位置，根据河岸不同地形，钢缆绑在采沙船的不同位置。钢缆有时会被挂在离水面一两米的地方，有时会沉在水下，有时刚好贴在水面。尤其是在水流湍急的河段，采沙船往往需要用好几根钢缆从不同方向把船固定住。

最怕那种刚好拦在水面、又不过头顶的钢缆，在高速水流中漂过时，轻则会被钢缆挂翻到水里，重则被锋利的钢缆割伤甚至腰斩。我在珠江漂流时就吃过这种亏，当时因为视线不清，被横在江面的一条钢缆直接挂翻了。后来想想有点儿后怕，如果钢缆刚好在我脖子的高度，那么我顺着高速水流直接撞上去，轻易就能把我的头割下来，让人身首异处。

黄河上游没有航运，所以无论是采沙船，还是藏区的跨河经幡，在使用钢缆时不会考虑人的安全通过问题，所以我只能自己想办法，小心规避。

于是我开足人肉马力，紧急撤离到岸边，沿着河岸小心翼翼地挪到采沙船前，缓慢通过。

我们都和魔鬼签了契约

下午 3 点前，我到达了大名鼎鼎的黄河石林。石林的地理位置距离黄河源头 2 266 千米，地处一个黄河大拐弯的河谷，东边是 1 700 米高的黄土高原，西边是 2 300 米高的水湾山。黄河石林与黄河相依，动静结合，气势磅礴，是很多电影、电视剧的取景地。但凡拍摄黄河相关的纪录片，这里是必定要拍的。

我在龙湾村上了岸，折叠好橡皮艇，一个人背着行李去找旅馆。我走到一家农家乐，院子中间种了棵苹果树，可能为了防虫吧，苹果都被牛皮纸袋套住了。坐在苹果树下，微风袭来，听着西蒙的《the sound of silence》(寂静之声)，遥望着屹立数万年的巍峨石林，我没有说话。

我们都和魔鬼签了契约，要想生，就得死。在这生死之间，我想多看看，这水，这山，这石，还有花和树，鸟和虫，想学着和自然对话，想获得一种澄净的思考方式。

驴车历险记

严格来说，龙湾村也是黄河石林的一部分，但要从陆地上看石林，还得坐景区的驴车才让进。淡季客少车多，我随便找了一辆。我跳上一辆用红毛毯垫着的驴车，大妈一边强调这车能坐下四个人，一边瞅了瞅人烟寥寥的四周，一声“走”，鞭子一扬驴就开走了。

原以为驴车会比徒步快，岂料这驴子有点儿驴来疯，时而一动不动，时而狂飙，颠簸中毛驴突然来了一个急刹车，我被抛下车来。正感觉自己丢人，连个驴车都坐不稳当时，回头一看，赶驴车的大妈也没坐稳，被颠出来了。

我们对视了一眼，又麻利地爬回驴车。

闪米特：如果坐满了四个游客，那你坐哪里？

大　妈：坐满的话，我自己不坐车，走路赶车。

说话间，碰上两辆返程的驴车，车上坐满了四个游客，那位赶驴的大妈果然没坐在驴车上，而是徒步赶驴。对面那位戴头巾的驴车大妈对我们这边叫喊着：“太晚了，峡谷景区可能不让进了，回去吧。”

因为时间确实是有点儿晚了，我们最终没能进景区，但是这趟驴车之旅也是不错的经历。

美味的羊皮筏子

昨天与赶驴车大妈聊天，她告诉我羊皮筏子只有黄河石林有，因为他们有制作羊皮筏子的独门秘籍。

羊皮筏子好像真的很好吃

“这筏子是羊皮囊充气做的，一个筏子要绑15个羊皮囊。这羊皮囊，要吹起来不漏气是很难的。羊皮的口子，要扎起来，用浓盐水灌进羊皮里面，除了灌盐水，还必须用我们龙湾特产的胡麻油灌进去，这样加工出来的羊皮筏子，才不会漏气。”大妈这样说。

闪米特：用其他的油，就会漏气吗？

大　妈：那倒不是，但其他油会腐蚀羊皮，容易烂，只有我们这里特有的胡麻油，才不会腐蚀羊皮。我们这里的胡麻油，是用我们这里长的胡麻榨的油，其他地方没有。

从龙湾码头下水时，我还特意看了看羊皮筏子，从羊皮扎口残留的白色颗粒固体来看，确实像大妈说的，羊皮用盐水进行了处理。另一个扎口没有看见盐，呈深黄色，油淋淋的，与其他地方浅黄色干燥的羊皮不同，应该是用了大妈说的胡麻油处理过。

羊皮筏子的扎口处用一根小枣木棍拧紧后，再用透明尼龙绳捆绑，绳子也被胡麻油染得像一根小麻花。

在这里要交代一件很羞耻的事情，看到这里的时候我流口水了。作为全国第一吃货大省广东省的一分子，我给家乡丢脸了。

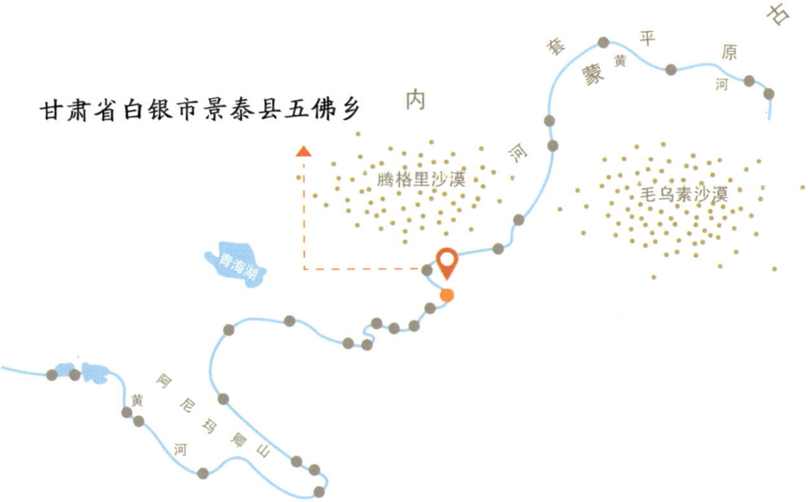

失之交臂的南长滩

最长的单次航程

对于早上嗜睡的我来说，人生最痛苦的事，莫过于要早起；人生最绝望的事，莫过于要天天早起。

这次设定的漂流路线是100千米，算是我漂流黄河以来最长距离的单次航程。

天刚蒙蒙亮，我就在不共戴天的仇人——手机闹铃的骚扰下，开始从五佛乡下水漂流，目标是宁夏回族自治区的中卫市。

预估了一下黄河流速，上一段龙湾村到五佛乡 55 千米的航程，水流速度达到十多千米，今天计划的五佛乡到中卫市这一段，中间连续经过黑山峡、黄石峡等好几个峡谷，理论上峡谷河道内的水流会更快。

这 100 千米中间不需要过水坝，我换上了静水艇，水流速度加上静水艇的划行速度，8 个小时应该可以完成这段漂流。

今天要划最长的航程

南长滩

两岸群山连绵、植被稀少，偶尔在河道拐弯处，有冲积出的河谷平地，形成一些小村落。我今天划得特别努力，因为不想在荒野露营，偶遇人骨的阴影还残留在心中，挥之不去。

划行不久就开始下雨，不停桨地划了3小时后，我到达了甘肃与宁夏的两省边界。黄河在这里拐了一个大弯，在南岸形成了一个月牙形的长滩，黄河流经宁夏的第一个村庄——南长滩，便坐落在这个黄河臂弯中的小绿洲里。

这个神秘的村落，虽小却拥有宁夏3个第一。宁夏黄河第一村、宁夏黄河第一渡、宁夏黄河第一漂。群山环绕使得南长滩村几乎与世隔绝，村里人几乎都姓拓，他们自称是西夏后裔，并保存有完整的族谱。2008 年 12 月，被国家有关部门确定为宁夏首个“全国历史文化名村”。

南长滩村是我们想要去的地点之一，但村子四面靠山，一河环流，被大山阻隔，交通十分不便，所以和羚羊商量，等到了中卫，我们再一起开车去看看。

黄石漩

恍惚之间，已经漂离了黑山峡，进入了著名的黄石漩。从卫星地图上看，这段河道布满褶皱白光粼粼，拍摄日期显示是十月份，因此我判断不出来是当时结了冰，还是这里本就浪涛滚滚。

但从“黄石漩”这3个字的字面意思来理解，就是黄河上会有很多漩涡的地带。在珠江漂流的时候，在大藤峡的出口，有个叫“黄茅漩”的地方。“黄茅漩”名副其实，在峡谷出口处河道来了个90° 向南大拐弯，加上两岸怪石嶙峋，形成了一个漩涡地带。漂流时正赶上珠江丰水期，黄茅漩大大小小的漩涡，让我仿佛在刀锋上行走，稍一犹豫，就会被搅入水洞，尸骨无存。

仔细观察河道，这里没有拐弯，只是由于两岸有大量支流汇入黄河。但凡支流汇入处，黄河河面就向里收窄约三分之一。这是由于支流汇入的时候携带了大量的沙石，这些沙石就会堆积在河道口，让黄河变窄。再加上水流的速度非常快，就使得这里产生激流，泛起白浪，形成大大小小的漩涡。

我不断激励自己，终于用爆发力迅速通过了黄石漩。

失之交臂的南长滩

在中卫的黄河边，发现只有一间处于半营业状态的度假村。老板只接待事先联系好的团体游客，像我们这样突然来的客人，他们提供不了任何服务。不

羚羊早已在登岸处等我

过老板很豪爽，说可以让我们在里面搭帐篷过夜。

冷冷清清的度假村里除了我们，还有一帮正在吃烧烤的宁夏人。我们彼此好奇地互看了几眼，并未搭话。搭好帐篷，我正准备做我的拿手好饭——广式腊味饭时，一位清瘦的年轻人走过来，热情地邀请我们过去喝酒、吃烧烤。

过去一看，其实他们已经吃完烧烤了，只是为了招呼我们，又重新加了碳，烤了羊肉串、鸡翅和黄河鲤鱼，好吃到我们差点儿把舌头吞掉了。

酒足饭饱之后，我们闲聊起来。

闪米特：我们明天想去南长滩村，听说那里是西夏人的后裔，你们知道怎么去吗？

年轻人：根本就没有西夏后人，早被灭族了，那里什么也看不到的。而且山路很难走，一下雨就塌方，根本去不了。

事后证明他们说的果然没错，去南长滩的路多处塌方，我们行至半路，不得不返回中卫市。

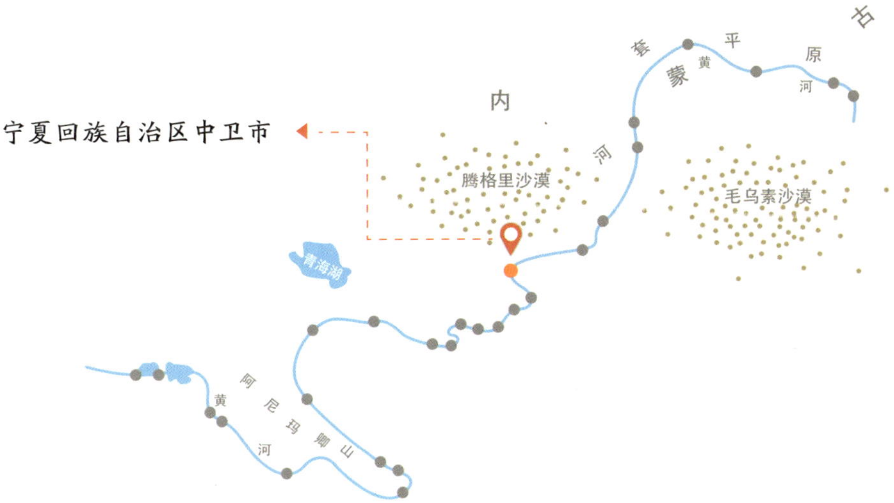

别样的塞上江南

塞上江南是否名副其实

从经过的青海、甘肃和四川来看，除了青海藏区、甘南藏区和川西藏区的牧民以及旅游景区辐射地以外，黄河沿岸人们的生活都不容易。

大量基建的停工和民营企业的关闭，让许多外出务工的农民失去了工作机会，有的返乡种地，有的回去打鱼，有的养鸡养羊，有的开始摆地摊……他们，也在艰难转型。

努力养家糊口之余，他们也抱怨：少量土地上的收成，养活不了上有老下有小的家；河里的鱼越来越少，卖的钱交不起孩子的学费和老人的医药费；摆地摊的人越来越多，竞争激烈还要提防着城管……

但是被大家广而传之的“天下黄河富宁夏”“塞上江南”的宁夏，又会是怎样一番景象呢？让我先从水上的视角来看一看吧。

塞上江南

黄河的变迁

黄河宁夏河段的流速比上游减慢了许多，这里已经是宽阔的平原地区，河道变宽，流速减缓。水面与河岸的落差也变小，大概有1米左右。黄河与中卫之间，原本是一片湿地，后来人们在黄河和湿地之间修建了大堤，湿地就慢慢变成湖泊了。

因为河堤的阻隔，黄河被限制在收窄的河道内，水流速度变快，河床底的泥沙被快速的水流裹挟着向下游流去。因为河床底的泥沙被带走，使得这段河

床慢慢下降，水面与中卫市的落差增大，相对而言，中卫市在黄河丰水季节的安全性提高了。

水中一瞥

中卫市的街道干净整洁，人行道边满是翠绿的柳树，河道两岸的河谷平地植被丰富，空气干燥清新。不过风神没打算让我好好欣赏风景，突然发飙似地刮起了五级逆风，每一桨下去都很沉重。

好在这段水流很快，目测时速有 8 千米，不过只要一停桨，静水艇就被强风吹得横过来。变得很难控制，像一头倔驴。

庆幸在过唐乃亥到羊曲那段最凶险激流时，没有遇到如此强烈的逆风。不然逆风会抵消漂流速度，使划艇路线的走位变得非常困难。控艇迟钝也会让艇在激流中的入浪角度，无法精确把握，在那种情况下翻艇，生还希望很小。中卫市的西北边是腾格里沙漠，听当地人说，每年的2月至5月期间，这里的风力高达七八级，会起沙尘暴。外地人往往会惊讶于这里的漫天风沙，感叹说，其他地方是下雨，中卫则是下沙子。

没赶上中卫下沙子的时节，没能亲自感受一下沙尘暴的滋味，不知道是幸运还是不幸。

渡轮与桥

除了逆风，宁夏河段流速也比上游减慢了许多。黄河在经过了几十千米狭窄的黑山峡后，到达这里时，已经是宽阔的平原地区，河道偶见渡轮，和甘肃见到的颇有区别。在黄河甘肃段，因为水流太急，渡轮利用固定在河两岸的高架钢缆上的滑轮，固定船身并用以调节渡轮角度，把方向调节到与水流方向呈30°～45° ，利用高速水流与船体的夹角分解力产生的动力，推动渡轮过河。

在宁夏河段，因为宽阔河面的水流较缓慢，渡轮不会产生太大偏移，而且即使利用钢缆，水流的力量也不足以产生足够的动力推动渡轮过河，所以这里不使用钢缆，完全依靠发动机产生动力。河岸的人们利用这些科学常识来帮助自己，让交通变得更加便利。

除了渡轮，一路见到不少横跨在黄河上的桥梁，有高速公路桥，普通公路桥。果然不愧是“塞上江南”，能出资建桥的地方不会太穷。反观甘肃，在诸多人口密集的地带，都无桥可过。

如果单从桥来衡量经济，无疑藏族牧区排第一，宁夏排第二，甘肃只能敬陪末座。

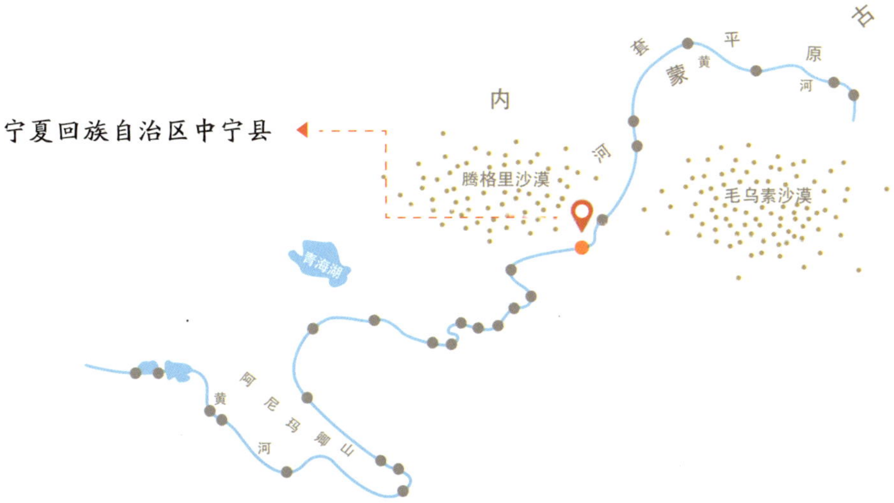

一天九次掉进黄河

像我的猫

烈日下的潮湿水面，反射出炫目的光，桨起桨落间，切碎的光线投影到眼里，一瞬间我有种疑惑：人生，怎样才算精彩坦荡又不辜负地活过？

在一处偏僻的小饭馆吃饭，看到一只猫，羚羊说很像我。一直绷紧的思考，疲惫地在水上追寻，所谓自由，终究也不自由，每天将自己暴露在阳光下，也没逃出惘惘之中的焦虑和无意义。

沧海桑田

从中宁到吴忠河段，经过几字形黄河大拐弯的底端，有新修的中华黄河坛景区。不知为何特意修建在此处，也许是效仿黄河第一弯景区吧。

180° 的大弯内侧，据说在20年前，还是一大片沼泽，成千上万的候鸟春秋两季在这里栖息。后来青铜峡水电站建成，水坝的截流，使得河道水流变缓，

中华黄河坛

大量的泥沙在此沉淀淤积。经过近20年的变迁，原来的大片沼泽已经成为旱地，大弯的河道宽度，也不足原来的一半了。失去了沼泽地的金沙湾，对鸟粪来说，没有足够的庇护所，也没有足够的食物，如今只见到零星的水鸟了。

青铜峡

中华黄河坛往前，河道拐弯，从开阔的平原进入青铜峡峡谷区，东岸入口处的光滑石壁上，写着“青铜峡”3个字，离水面不到一米高，字的下半部被河水泡得颜色变淡了。从水线看，水位升高时，会淹没这3个字的下半部分。

在大坝以南两千米，黄河西岸有另外一个景区—— 一百零八塔，是中国现存的大型古塔群之一，推测是在西夏王朝时期修建的。一座座小塔在山坡上，排成一个金字塔似的等腰三角形。

塔群沿着黑石山坡而建，本来划着橡皮艇从河上观看是最好的角度。无奈前面的青铜峡水坝截流，使得水位上升，导致原来在半山腰的一百零八塔，如今已变得贴近水面了。

加上岸边高高的水草丛，挡住了视线，从橡皮艇上无法完整看到一百零八塔的全貌，只能看到上部的三分之一。

水上看到的一百零八塔

我背着艇徒步了约700米，左拐通往河边的道路被一个大铁闸拦住，不得不继续向前走。到2千米外，又遇一个景区大门，又兜了约2.5千米，才终于从黄河大桥桥底顺利下水。我的肩膀已经被艇压麻痹了。

好在过了青铜峡水坝后，黄河的水流变得非常快，我也可以停下来，让橡皮艇顺流而下，趁机好好休息一阵。过坝后20千米的航程，一转眼工夫就漂完了。在吴忠有一个聚会，与宁夏贺兰的漂友踏雪、郁见了面。

第二天，吴忠到银川这段50千米的航程，踏雪和郁加入了漂流队伍。郁一直对自己的艇忧心忡忡，他划着一条宽度不足60厘米的艇，这样的艇不太适合初学者使用。郁犹豫了好久，才决定与我们同行。

由于吴忠大桥这段水流比较快，河道拐弯引起激流，让郁翻艇落水。激流带有点儿长，我只能划艇到郁前面几米远的地方，跟他同步顺着激流往前漂，安抚他的情绪，等待漂离激流带，再对他进行施救。

还好郁从小在黄河里游泳，水性和心理素质都不错，并没有表现得很紧张。漂出弯道后，水面变得平静，我开始划艇平移到郁的前面，停在离他 1 ~ 2 米远的地方。

帮助郁上艇，也啰里啰唆地给他们上了一堂互救实战课，虽然河流没有海洋危险，但没有互救和自救能力，还是非常可怕的，不然也不会有“欺山莫欺水”这句谚语了。

一天九次跌入黄河

郁调整好呼吸后，我们继续划艇前行。他们俩都是第一次划这么长的线路，其中踏雪经验丰富些，控艇很稳，没有翻艇的危险。

郁的艇太窄，对于划艇经验尚浅的他来说，哪怕有一点儿激流，就容易翻掉。好在当天水情安全，就当作救援练习了。

一路划，一路翻艇，好在间隔时间越来越长，郁重新爬上艇，动作越来越娴熟，看来长距离的划行，对人成长锻炼的效果非常好。踏雪也趁机练习了如何救援，两人进步得都很快。

郁总共落水了 9 次，在这样的黄泥浆中，都快被染成兵马俑了。不过他一直很乐观，翻一次，就给自己配一个吉祥的名字，还乐呵呵地说，要是再多翻一次，就十全十美了。

这两位兄弟心态都很好，是不拘小节的西北汉子。户外运动正需要这种不言放弃、乐观积极的精神。只要心态开放，彼此尊重，年龄、性别、民族都不会成为彼此交流的障碍。

后来，我和羚羊会合后，关于漂流的同伴问题，进行了如下对话。

有人同行

羚　羊：你想当大哥吗？

闪米特：不想，我怕到时候大嫂太多，控不住场。

羚　羊：你多虑了（白眼），多人一起玩，不但可以排解寂寞，也可以互相救援，不是安全许多吗？

闪米特：休闲的活动当然人越多越好，像今天这样的水情，大家一起活动我也喜欢。但如果看看世界上玩顶级探险的人，你会发现几乎都是单人在玩，除了雪山和攀岩比较特殊。

羚　羊：是这些人喜欢独孤求败的感觉吗？

闪米特：是因为太难找到一个真正与自己能力匹配的人，在毫无保障的自然环境中，长期进行未知的探险，如果同行者能力不相当，会加大活动的危险度和难度。没有人愿意看到同伴身犯险境。

羚　羊：那一个人这样玩有意思吗？

闪米特：有时也会没意思。

夺命的浮桥

丰盛的午餐

划了20千米，我和踏雪、郁就上岸进餐。与踏雪、郁一起，生活自然很腐败，午餐有烧鸡和牛肉、啤酒和西瓜。为了节省时间，我漂流时基本上不上岸休息，也不会专门吃午饭，坐在艇上以压缩饼干充饥。这次见如此丰富的午饭，口水都控制不住了。

初遇浮桥

午饭后，我们接着下水漂流，没漂多远，就遇到了一条修建中的大桥。心里不由得感叹：宁夏比甘肃富裕太多，除了已有的密密麻麻的黄河桥，还有无数新桥在不断修建中。

这座桥还没建好，通行依靠后面的一座旧浮桥。迎面开来一条小渔船，踏雪上前询问浮桥的通过性。船夫告诉我们，那座浮桥底可以通船，他的渔船都

遇见浮桥

可以从中间的孔穿过。

如果小渔船都能通过，我们的独木舟应该更没问题了。于是我们放弃了原先从浮桥旁边扛艇上岸的打算，加上踏雪和郁的海洋舟太重，上岸过桥也比较麻烦。

紧急落水

独木舟从工程铁桥底穿过后，我们很快看到了前面的浮桥，桥面不断有汽车通过。浮桥建在河道最狭窄的地方，越靠近水流越快，等肉眼能清楚看见桥孔的时候，发现桥孔宽度只有一米多，桥孔高度只有半米，远比刚才遇到的那条小渔船要窄。刚才那条小渔船，连船带人有2米高，断然不可能通过这条浮桥的桥孔。而我们的独木舟到头顶，也有1米的高度，也无法通过这只有半米高的桥孔。桥孔上面是锋利的钢板，如果我们划独木舟随着水流快速冲向桥孔，那么会被桥面的钢板斩首吧。

这样的水流流速，根本刹不停艇，惊恐之余，我赶紧在桥孔旁的浮墩前撞停，湍急的水流把我和艇向浮墩挤压。正担心郁和踏雪，我一看，发现郁在到达桥孔前就翻了，人掉到水里，顺着水流被冲过浮桥。

剩下郁的艇，一半斜插在桥孔中，另一半插在我的艇头下，踏雪不在视线内。

艰难脱困

水流很急，我双手用力地把自己从内斜的浮墩推开，环视四周，踏雪和郁都不见了，我需要先让自己脱离困境。我双手继续用力推浮桥墩，一点点地用力推动艇向后移动。从侧面竖直的浮桥墩攀爬到桥上。

解困后，我看见郁被冲到浮桥下游，正向岸边游回来。找不见踏雪，后来才发现，他卡在了两个浮墩之间的缝隙中，抱着桥面下的一个汽车轮胎，整个人吊在半空。艇在他脚下，整条艇泡在水中，只有艇头微微露出水面。踏雪尝试着用脚把艇蹬到浮墩底下，然后让水流冲出来。但艇被死死卡住了，加上湍急的水流，估计很难冲出来。看见踏雪没事，我心里平静了下来，艇其实已经不重要了，让郁拉起踏雪。

我爬上桥时，把郁卡在桥孔中的艇推出去了。因为艇里灌满了水，太重，无法拖上桥墩。发现他俩都没事后，我赶紧下水，去追郁的独木舟。

过了浮桥后，河面变宽，水流变缓，艇才漂出500米远，追得并不费工夫。我用艇上的救生绳绑住郁的艇，一个人操作，没法将绳子挪到艇尾绑，平行拖很吃力，只好逆流划到岸边。

抬头一看，踏雪的艇居然被冲出来了，踏雪划着艇，郁拉着他的艇尾，已经朝我这边过来了。本以为那天的漂流要夭折在那里，没想到运气这么好，人没事，艇也没丢。我们在岸边淤泥中稍作休整，继续上路。50 千米的航程，折腾到接近晚上 8 点才上岸。

羚　羊：撞上浮桥的时候，害怕吗？

闪米特：自己不害怕，有点儿担心踏雪和郁出事。

羚　羊：如果将来的探险中，你有了同伴，他因为意外不幸遇难，你会怎样？

闪米特：会觉得抬不起头来做人吧。

羚　羊：不是你的错啊。

闪米特：不能期待所有的家人都理性，况且有个人可以责怪，家属心里会好过些。

前方，就是内蒙古

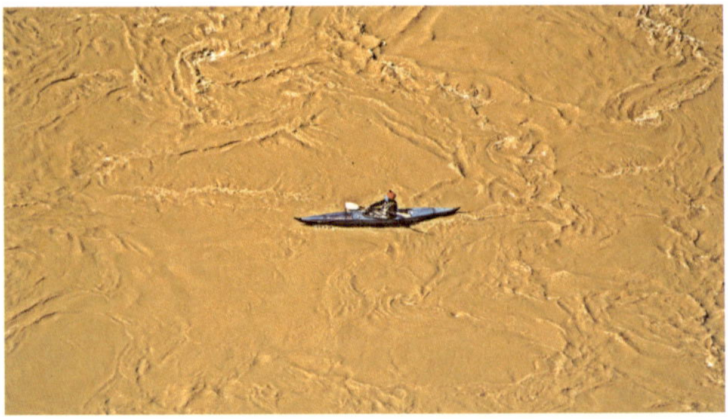

第六章

历史与现状的交织

河套平原的传奇故事

成吉思汗俯瞰之地

乌海的期盼

告别宁夏惠农，划向内蒙古自治区的乌海市这段，是一场硬仗。一开始水流很慢，划行十多千米后，仅有的一点儿微弱水流也被逆风抵消，河面几乎完全变成静水了。

水流和风都不给力，景色也不好看，百无聊赖间，不由得想起了当天要抵达的地方——乌海。这个早些年煤炭资源丰富，以“乌金之海”著称的乌海市，是否还如往日般辉煌呢？突然我有点儿迫不及待，想快点儿到达乌海了。

不过，黄河一点儿都不愿意照顾我的心情，自顾自地水平如镜。期间河面出现一个小岛，地图上显示是胡杨风景旅游区，从岛的右边划过，完全没看见岛上有任何建筑物，感觉像个荒岛。这一路看到的被荒废的风景区倒是不少，不知是因为经济衰退没人光顾了，还是因为景区管理不善导致的。或者是因为大家不喜欢风景区周围那些冒着烟的庞然大物？但若没有那些吞云吐雾的怪物，又如何能支撑得起内蒙古这个能源大户？

天赐宝藏的内蒙古

内蒙古可以说是中国经济发展最快的地区之一，人均 GDP 在全国范围内排名前列。没到这里之前，我还真不知道这一点，曾经以为内蒙古是比较贫困的地区呢。

给内蒙古自治区带来如此丰厚收入的，是它丰富的矿藏。先说说稀土，内蒙古已经探明的稀土氧化物储量占世界稀土总量的76%。因为中国稀土的大量廉价出口，使得稀土储量占世界第二的美国，早早封存了自己最大的稀土矿芒廷帕斯矿，改从中国进口。现在中国稀土最大的主顾，是日本和韩国。

另外，内蒙古也是世界上最大的“露天煤矿”之乡。中国五大露天煤矿中，有四个在内蒙古，分别为伊敏、霍林河、元宝山和准格尔

惊艳的乌海湖

露天煤矿。

想必如此多的天赐宝藏，使内蒙古想穷也难吧。

乌海湖

继续往前划过一条黄河大桥，在离乌海市 10 千米处，河面变得非常宽，河水也清澈起来，感觉像回到了青海果洛段的黄河。

这里就是 2014 年建成的乌海湖了。利用海勃湾水坝的蓄水功能，将黄河的泥沙沉淀，使得流经乌海的这一小段黄河水变得清澈澄净。虽然乌海湖远没有刘家峡水库的水那般湛蓝澄明，不过与黄河宁夏段相比，已算相当清了。我趁机把染成土黄色的静水艇清洗了一下，静水艇终于恢复了它原本的蓝色面貌。

乌海市

乌海市是一座坐落在黄河岸畔，面积仅有 1 700 多平方千米的地级市，是我们从黄河上进入内蒙古的第一座城市。因为该市 90% 以上都是汉族人口，从街上穿过，所以我没有感觉到任何少数民族风情，和许多发展中的华北城市没有任何区别。

不过凭借如此小的面积，能够成为一个地级市，可见乌海的实力必定非同一般。从“塞外煤城”到“葡萄之乡”，从“书法之城”到“赏石之乡”，乌海的很多元素吸引着我们。

但是为什么乌海会是书法之城？这个问题一直在我心头萦绕，直到离开也没能得到答案。乌海市还是中国第一批“智慧城市”的试点城市，不过，我总觉得“智慧城市”“文明城市”这类称号是个很奇葩的事情。有了这些标签，城市就智慧，就文明了吗？不过，珠海为了创“文明城市”，免费把我们小区楼梯道的墙都刷白了，还是挺开心的。

成吉思汗俯瞰的城市

划在乌海湖上，我看到山顶上的巨型塑像。据说该塑像的主体有27层楼高，有人说是王羲之，有人说是成吉思汗，最后一位本地人肯定地告诉我们："那绝对是成吉思汗。"细看这个塑像，觉得很神奇，好像说是武人也行，当成文人也没有违和感。

有一点不解的是，乌海在900年前也是西夏王朝的一部分，和成吉思汗有不共戴天之仇，这里为什么会把西夏人屠杀殆尽的侵略者供奉上山顶了？据乌海朋友说，那是多久远的事情啊，我们只敬重伟人，和那些个历史久远的恩怨情仇没关系。

不得不说，我挺认同这种想法的，够大气，人就应该客观地看待历史，不能一说到民族问题就失去理智。

成吉思汗俯瞰着乌海

兵家必争之地

漂流人

漂流，已经成了我阅读世界的方式。在水上睁大双眼，努力地想看清楚陆地上的种种轮廓，做着属于自己的白日梦。虽然每个人都睁着眼睛，不代表每个人都在看世界。

在乌海匆匆而过，我又一次跨进了黄河。不知道为什么，突然感觉自己仿佛是在穿越一段又一段的历史。

前一天从乌海到磴口的河段，跟第二天磴口到巴彦淖尔临河区的河段，这两段航程的地貌及河道宽度基本上没什么变化。理论上水流速度应该是一样的，但实际上第二天的水流比前一天慢了许多。估计是磴口县的运河大量引水，使得黄河水量下降所致。

草原风光

河套平原

河套平原主要分布在内蒙古自治区和宁夏回族自治区境内，是黄河沿岸的冲积平原。河套是指黄河“几”字弯和其周边流域。

河套平原一般分为宁夏青铜峡至石嘴山之间的银川平原，又称“西套”，和内蒙古部分的“东套”。狭义的“河套平原”仅指东套，和银川平原并列。东套又分为巴彦高勒与西山咀之间的巴彦淖尔平原，又称“后套”，和包头、呼和浩特和喇嘛湾之间的土默川平原（即敕勒川），又称“前套”。有时河套平原称河套—土默川平原。河套平原地势平坦，土质较好，有黄河灌溉之利，是宁夏与内蒙古的重要农业基地。

从历史角度看，河套地区历来是农耕和放牧两种不同经济结构的交锋所在。中原王朝强大的时候，这里就是农田；游牧民族强大的时候，这里又成了牧场。

别样的塞上江南

侵蚀到河边的沙漠

雁行人

这种状况一直持续到了清朝，这时候出现了一种很有意思的群体，叫作雁行人。

在清朝入关后，采取“分而治之”的政策，隔绝长城内外蒙汉人民的联系。因为与内蒙古相邻的陕北一带，土地贫瘠、连年荒旱，处在极度困苦中的农民不仅常常扯旗造反，一支具有强烈反清复明色彩的“绿营军”也在这一带频繁活动。

对内蒙古各部，清朝更是存有戒心，唯恐长城以南带有反清思想的汉民渗入长城以北，同蒙古部落中的反清势力汇合起来，给清朝的统治制造麻烦。因而清廷要对塞北河套地区采取“封禁”，限制晋陕冀边区汉民流入。

但他们同时考虑到，要彻底“封禁”也是不可能的，于是顺治皇帝下旨，规定了几个“不准”，即晋陕冀边民到蒙地垦荒种地者，必须春出秋回，不准携家带口，不准在蒙地修房盖屋，不准娶蒙古女子为妻，不准学说蒙语，不准在蒙地滋事……

于是在陕晋冀与内蒙古接壤的地方，每年春天都会有数以万计的农民，成群结队地进入内蒙古地区，然后在这里耕种。到收获的秋季，又成群结队地带着一年的收入返回原籍。因为他们的活动轨迹与大雁等候鸟很相似，因此这个群体被叫作“雁行人”。

这些数以万计的晋陕冀边民，春出秋归走西口的“雁行人”，在河套农业发展史上，写下了“雁行农业”的一页。

黄河第一闸

在雨水历来较少的河套地区，土壤中的基本矿物质保存完好，可溶性物质也没有被雨水带走，因此土壤保持着团粒结构，对于农作物的生长来说，没有比这更好的家园了。

磴口县黄河边的海拔标注是1 058.35米，算是狭义河套地区海拔最高的地方了。从这里开始，海拔一路下降，到达巴彦淖尔的市中心临河区时，海拔是1 041米。当地政府在这里建了“过水闸”水坝，将黄河上游的水位始终控制在1 050米的海拔高度。

也就是从这里开始，磴口县的运河灌溉系统，将黄河水贯通到整个河套地区。运河从这个号称“万里黄河第一闸”的磴口水坝上游引水，与黄河平行前进，自西向东，给整个河套地区的农业提供灌溉用水。

不知为何称为“万里黄河第一闸”，其实这已是我在黄河上过的第27个水闸了。不过，这一路在黄河上经过了无数个“黄河第一桥”“黄河第一弯”，现在又来了个“万里黄河第一闸”，我也就见怪不怪了。

偷瓜

河道两岸是一望无际的向日葵地，金灿灿的一大片非常漂亮，比青海湖的油菜花还美。有些河堤上，还种满了高大的白桦树。与宁夏的白杨相比，这里的白桦树更加妖娆。白桦树的树叶，正面是绿色，反面是白色，一阵风吹过，树叶在绿白之间闪烁，像鱼鳞，像碧水中的波光，晃得人浮想联翩。

河边的向日葵中间，有一小片网纹瓜地，满地都是大大小小的网纹瓜，其中大个头的瓜上面盖了报纸，还用干泥块压着，不知道是用来干什么的。

我正口渴，用瑞士军刀割下一个熟透了的网纹瓜，顺便在旁边的瓜下压上20元，原谅我不问自取。接着，我上艇一边任水漂流一边吃瓜，瓜味清甜，不愧是河套出品。

我要上岸好好看看河套平原的灌溉系统，这利用黄河与耕地的倾斜度不同而建造的多条运河，是前人智慧和现代科技的结晶。这套自流灌溉系统，流向河套平原的角角落落，帮助人们在干燥的土地上开垦农田，播撒绿色。

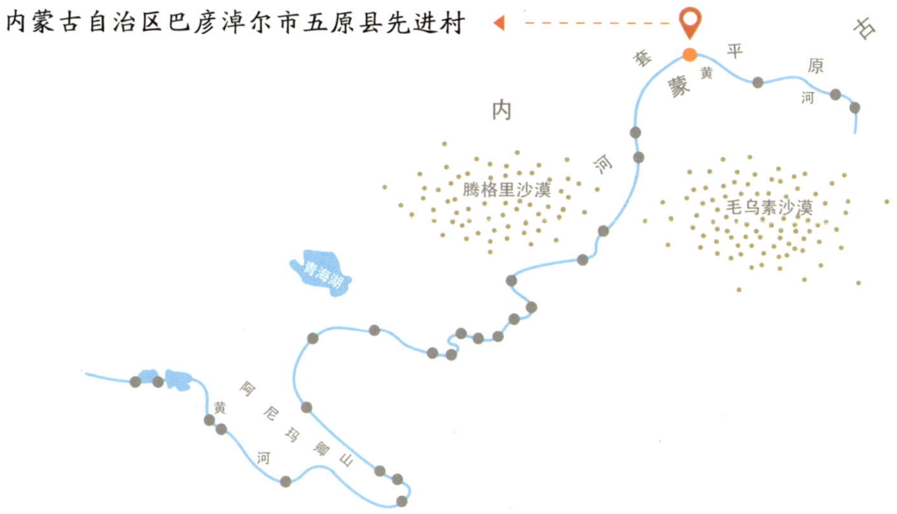

那个坚强的男孩

久违的雨

当天，要从五原县的先进村漂到乌拉特前旗。

2015年中国南方暴雨成灾，从那年五六月南方严重的水灾信息传来，我就猜到黄河这里会干旱。因为整个东亚大陆的雨水，主要来源于太阳对太平洋的照射蒸发（青藏高原的雨水来自印度洋）。从中国的东南沿海，到内陆，到蒙古高原，雨水都是来自于太平洋的蒸发。

而太平洋的蒸发量，每年都是比较恒定的（印度洋也一样）。这些定量的雨水，一旦在一个地方多了，另一个地方就少了，甚至没有。

因此，沿海暴雨成灾，就意味着北方干旱。只是没想到，沿海的水灾，让蒙古高原这里，一整年没下一场雨。

Feathercraft

头天夜里的一场雨，当地人说是2015年的第一场雨。这场突然而至的夜雨，不仅滋润了干旱的大地，也让昨天四五级的强风消停了下来。我虽依然逆风，但2级的微风，只会让人感到凉快，不会对漂流产生太大的阻力。

比起前一天，那天划起来轻松了许多。在水流平缓的河面上，我依然很难看到船只，不知道为什么连采沙船也不见踪影。出发前调查的资料显示，这段河道上曾经有很多采沙船。

没有强风捣乱，那天的行程顺利了很多。现在我已经把每日漂流行程尽量缩短。随着黄河流向转为东向，加之秋季的到来，日落时间已经从黄河源头的晚上 9 点提前到晚上 6 点多。我要尽量预留时间，以免发生什么意外，导致天黑前上不了岸。

那天的上岸处没有泥滩，是一片向日葵地。虽然就在黄河边，还有开凿的运河灌溉系统，依然有大片大片枯黄的向日葵。

可以看出，被称为"塞上江南"的河套地区，的确是好久没下过雨了。虽然前一天突降中雨，也无法挽回这干温已久的农作物。

路遇满身是血的人

羚羊接上我后，我们刚刚从田埂土路开到黄河堤岸公路，就遇到一个捂着头、满身是血的人在路边招手。我们赶紧停车，过去询问他发生了什么事。

伤者是一个男孩，说他正在打包头的120，但是不知道这是什么地方，让我们帮忙，我们接过电话告诉了120接线员这里的方位。

男孩不知为何光着上身，头上鲜血"哗哗"直流。我担心地跟他说，我们先送你去就近的医院止血吧，因此包头的 120 来到这里，估计要三四个小时。

刚说完，我们就听见有女孩哭喊的声音，循声一看，堤岸下的向日葵地里，一辆红色的轿车侧翻在地上，一个女孩蹲在车边哭，男生解释说那是他女朋友。

我们赶紧跑下去，来到女孩身边问她有没有受伤，她一边摇着头一边大声说："他的头，他的头。"估计是被男朋友头上的伤吓坏了。我们想扶她上去，她不肯，说一定要先把她的鞋子和钱包找出来。

我们仔细一看，原来她光着一双脚蹲在一地的玻璃碎片里。我们往已经碎裂的车窗玻璃上踹了一脚，从车里掏出了她的鞋子，但是找不到钱包。女孩语无伦次地坚持要找，羚羊有点儿生气，对着她说："先去医院，给你男朋友止完血再回来找，钱我们先给你垫上。"

"没钱怎么去医院啊，我的手机也在车里，我要打电话给家里，我要打电话给我妈。"女孩哭喊着说，这位小姑娘估计是吓坏了。

没办法，我们尝试着推了一下车，想把车子翻正再找。但是，车太重了，两个人推不动。正在这时，有另外一台车停了下来，车中的两名男子和受伤男青年一起下来了。

受伤青年也坚持要找到钱包才去医院。我们将这对情侣挪到安全处，和另一台车上的两名男子一起，合 4 人之力把车翻了过来。在满是玻璃碎片的车里，终于翻出了被撞到夹缝里的钱包和手机。

扶受伤情侣上去之后，我继续提议，马上送他们去就近医院止血，因为男青年头上的伤口着实吓人。另外两位男子是本地人，他们建议还是打给附近的卫生所，找120过来做专业处理，毕竟伤在头上。

女司机

在焦灼地等待 120 的这段时间里，大家希望那位男青年保持清醒，除了用简单的方法帮他按压止血，也一直在和他聊天。

原来他才 24 岁，今天从包头开车过来，是陪 20 岁的女朋友去她学校取证书的。他们看到这段路人车稀少，特意让刚拿驾照的女朋友开一段，谁知女朋友却一不小心开到向日葵地里了。

女生在旁边一直呜呜哭，口齿不清地说着："你的头啊，好多血，怎么办啊？"男生有气无力地说："别哭了，我没事，就一个小口子，我还没结婚呢，死不了，别哭。"

时间好像度秒如年，中途我们打电话催了几次 120。好在 120 到达后，几位医生态度都很好，处置伤口的动作也很麻利。受伤男生在看到医生的那一刻，一直表现出的精气神好像一下泄了，轻声说着这里疼，那里也疼。

我们看着医生把他扶上车，嘱咐女孩到医院后，记得打电话给家里人去帮忙，然后目送着120远去。

羚　羊：挺佩服那个男孩子的，一直那么坚强地安慰女朋友，还坚持不给人添麻烦，非要找到钱包再去医院。

闪米特：现在的年轻人，其实比我们更清醒，更加了解社会。

羚　羊：其实你提议用我们车送他去医院的时候，我是有点儿犹豫和担心的。有没有相关法律来保护施救人呢？比如说在施救过程中，受伤人不幸死亡后，施救人可以完全免责。

闪米特：听说欧美很多国家，有专门制定保护施救人的法律条款，中国就不知道了。不过即使有，估计也会陷入与死者家属的纠葛中。

羚　羊：那你还毫不犹豫地想把人弄上车。

闪米特：我是玩探险的，很多时候遇到危险，心里也希望有人能施予援手，而且我知道生命是多么脆弱。

若再路遇满身是血的人，还会去救吗？

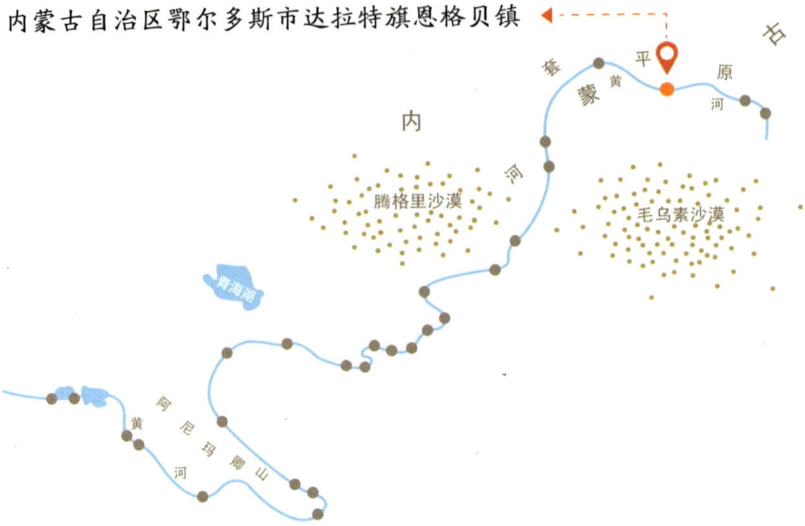

小城故事多

有味道的小城

一直对规模小的城镇情有独钟，感觉那里有河流、云和荒凉。是的，荒凉，原始的荒凉往往蕴藏着生机，能够安守在这样的小城，内心才能不被外界的繁花似锦所扰。

内蒙古有一些很有味道的小城，这些小城既有那种边荒所有的粗犷原始之美，也不缺乏尖端的现代文明印记，也是各种文化交融汇集之所，令人神往。恩格贝就是具有这样典型气质的一座小城。

早几年，恩格贝那些小镇曾经异常繁荣，但这几年随着能源经济的下行而有所没落，但上天所赋予它的这种气质一时半会儿是不会消失的。

恩贝格

在恩格贝上岸时，天已擦黑。倒也没担心住处，恩格贝虽然是个小镇，但听说很多去库布齐沙漠冲沙的人，都会在恩格贝住宿，想必是个繁华之所。到了恩格贝之后，我们发现主街道只有一条，几家标着“大酒店”的地方，其实都是饭馆。夜幕降临，街道旁边的几间旅馆都没开灯，似乎并没有营业。在一家超市旁边闪烁着一个“酒店宾馆”的招牌，看见一个大院子，没有人在。我们去超市一打听，原来超市老板也是“酒店宾馆”的老板。

安顿好后，我们出去吃晚饭，门面很小的“大酒店”“和黄河鱼大饭店”都关门了。唯有我们入住的“酒店宾馆”斜对面，有一家不起眼的小饭馆和一家包子店依然营业。小饭馆座无虚席，心想应该生意还不错吧。老板娘递了两个小板凳过来，让我们在门口坐着等等。

羚羊：“这里的酒店还真是光喝酒的地方，你看见没有，门口那桌的三个壮汉，就光喝白酒，吃一碟花生米和两碟凉菜。”我刚想回话，就听见那壮汉喊道：“老板娘，再来碟花生米”。我俩对视了一眼，决定还是去包子铺算了。

包子铺生意冷清，估计是没多少人晚上吃包子吧。老板是位 50 多岁、头发半花白的男人。他很爱讲话，对我们一通打听后，自我介绍说，他姓陈，来了恩格贝 5 年。这位陈老板对恩格贝极其推崇，他说走南闯北这么多年，恩格贝是他待过的最好的地方，民风淳朴，食客不欺负他这个外地人，打架偷盗的人几乎没有，什么东西放在外面，也不用担心被人拿走。

闲聊间，进来一位开皮卡收羊的师傅，吃了6元的包子。陈老板小声唠叨说，之前那位收羊师傅要豪气得多，吃了10元包子，吃6元的也太抠门了。

沙漠之父

当你置身热浪袭人、风沙漫天、一张嘴灌一口沙的地方，四面全是一模一样的沙漠，判别方向只能靠太阳时，你会觉得沙漠与绿洲之间的距离，比地狱离天堂的距离更远。

然而，恩格贝，这块离库布其沙漠只有几十米远的绿洲，让你产生绝处逢生的感觉。你会难以相信，鲜有生命迹象的沙漠不远处，居然能看到树木、草地和马羊。

库卡齐沙漠

这个奇迹要归功于日本的“沙漠之父”远山正瑛。

历史上的恩格贝曾经是一个水草丰美、风景秀丽的地方，然而，战乱、洪水、滥伐、滥垦终于让黄沙抹平了这里的景色，使牧人丢弃了草场，农人舍弃了家园。在1989年的时候，这里只有30万亩看不到人烟的沙漠。

从 1990 年开始，远山正瑛开始在恩格贝扎下根来，治理这里的沙漠。为了筹集治沙经费，远山正瑛在日本 NHK 电视节目中发表演说，呼吁日本人关心中国的治沙事业。

他还号召日本国民每周省下一顿午餐钱，来支援沙漠绿化。在他的感召下，共有包括他的子女在内的1万多名日本友人先后来到恩格贝参加绿化沙漠运动，种下了200万棵树，让这里再一次成为生命绿洲。

那么，远山正瑛为什么要与库布齐沙漠死磕呢？

原来，远山正瑛与恩格贝的结缘由来已久。

1935 年，远山正瑛从日本京都大学毕业，作为日本外务省派到中国的留学生到了北京，并在河北、山东、山西、河南、甘肃等地进行考察。

他第一次见到了中国西部的大沙漠：流沙、沙丘、大漠、沙海、戈壁、荒滩，那漫漫大漠黄沙给他留下的强烈冲击久久挥之不去，以至于他回日本看到满眼葱绿时，会黯然神伤。自此他立下了为治理中国沙漠而努力的理想。

1937 年，卢沟桥事变，噩梦开始。治沙在战争面前，变成了不足挂齿的渺小事件，远山正瑛回国。时光荏苒，等到终于可以再来中国的 1972 年，他已年过六旬。这些年在日本，远山正瑛获得了“沙漠之父”的头衔，他把长长的日本海岸线沙滩所蔓延出来的鸟取沙丘治理完了，仅留 1 平方千米沙漠作为供日本国民参观的标本。

1979年的时候，远山正瑛退休了，他迫不及待地来到了中国，回到了梦想开始的地方——库布齐沙漠。经过10年的筹备，1990年，他正式开始治理恩格贝。这一治就是14年。

2004 年，97 岁的远山正瑛在日本辞世，按照他的遗嘱，他的骨灰一半埋在日本故乡，一半埋在了恩格贝。

恩格贝在蒙古语里，有“平安吉祥”之意。

希望恩格贝永远恩格贝。

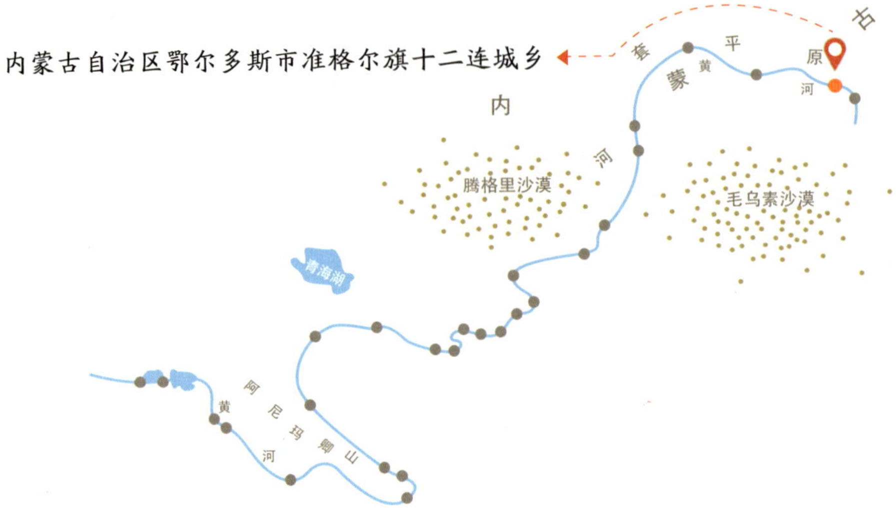

穿越回十二连城

轮回

在黄河上漂着漂着，不知道哪根筋搭错了，我不知不觉就有些厌倦起来。这春夏秋冬的四季流转，这日复一日的细水长流，好像已把风景看透，无论是面对再美丽的地方和景物，也找不回当初五月份刚刚下水时的那份好像初恋般的激动，像一个已经把红尘都看破的老僧，淡然地面对着风花雪月。

我越来越对那些壮观秀丽的自然景观无感了，越来越对那些人文遗址有兴趣了。面对着一个个断壁残垣，脑海里回想着千百年前那些修建这些墙的人，那些在这些墙里生活的人，那些在这些墙里死去的人，这些人在这里演绎了一段又一段的爱恨情仇。他们在这里出生，在这里生长，在这里死去，然后变成了历史。

从黄河源头到现在，已经有 3 300 多千米了，也历经了冬天、春天、夏天、

羊群吃草的地方，就是曾经的十二连城

秋天的这么一个轮回，但在我的感觉里，时间可不仅仅过去了几个月，感觉自己像是从几千年的历史里一直穿越而来，越往下游，越能感觉到历史的厚重，几乎要压得我喘不过气来。

以前，羚羊总说我是一个大男孩，虽然实际年龄上她要比我小，但我的心理年龄反而好像要比她小得多，一直不能在她面前摆出大男人的威严来。在经历了这几个月漂流的种种之后，羚羊说我终于成熟了。

十二连城

我把那天的终点设在了“十二连城”，不是因为体力问题，而是因为喜欢这个地名。十二连城，单从名字上看，就可以感觉到厚重的历史感扑面而来。十二座城连接起来组成了一座城，有一种莫名的霸气。

但如果把全称“十二连城乡”都念出来，这霸气就消失殆尽，只剩下土气了。可再仔细思索一下：那些创建十二连城的古人们，是从哪里来，又去了哪里，做了什么，从威武的“十二连城”到土气的“十二连城乡”，期间经历了什么，就会不由地产生一种非常迫切的期望，希望能够一探这座古城的究竟。

从吉格斯太漂到十二连城并没有耗费多少时间，上岸后我与羚羊会合，我们一路看地图一路打听，想去看看十二连城的遗址。

蒙恬与杨家将

“十二连城”，原本是隋唐胜州榆林城，始建于隋文帝开皇三年，即公元583年，当时该城地处战略要点，可北凭黄河天险，控蒙古草原，南临晋陕两地，进退两易。唐朝末年，这座古城就被党项族所占领，之后逐渐荒废，至今只剩残垣断壁。但从那依稀可辨的轮廓之中，仍可想象出，当年这座城堡的不凡气势。

而现在的考古发现，隋文帝建这座城的时候，并不是平地而起，而是在原有的基础上扩大的，原来早在秦始皇时期，蒙恬率30万大军北击匈奴，收复河南地，“以河为界，垒石为城”，建了这座城。

考古学家们从这里挖出很多的珍贵文物，上自新石器时代，下至明清时代都各有一些代表性器物。其中晚唐时期的绿釉陶质小狗和白釉瓷质小山羊，被专家们称为“举世稀有的艺术珍品”。

但是这座“十二连城”之所以出名，不是因为蒙恬，而是因为在民间传说中，此城为北宋时期杨家将佘太君率十二寡妇征西所筑。这座城的名字也随着杨家将的传说而传遍大江南北。

李大爷

临河而立，我们静静地看着连残垣断壁都不存在的十二连城，从地势中，仍可想象出其当年的不凡气势。放眼四周，玉米和向日葵在夕阳的掩映下，摇曳在微风里，整齐划一的树木，展现出勃勃生机，的确是让人眼馋的一片土地啊。我们想找到一个标志性的物件，来证明脚下这些被羊啃着草皮的土堆，就是隋朝的十二连城。

在村里兜兜转转，穿过几条田埂，终于找到立在黄河边的遗址石碑。破旧的石碑俯瞰着平静无波的黄河，寂静无声，让人很难联想起那烽火相连、号角连营的古代战争。

在十二连城遗址，我们看到一个老大爷在放羊。

李大爷是我们在黄河沿岸见到的第一个满族人。他虽然不能清楚地解释自己的先辈们为何移居到蒙古，但是他肯定地告诉我们，自己的祖辈是清朝贵族。

豪华的卫生所

告别李大爷，我们一起去了乡中心。本来担心乡级别的地方不容易找到住处，去了才发现相当繁华。宾馆价格要100多元一晚，比我们之前住的地方都贵。

住处附近的卫生院也修得很气派，还有 120 急救。之前在乌拉特前旗遇到的那次车祸，附近的几个镇都没有 120，不得不呼叫远离黄河边的县城 120。

而这个十二连城乡，连镇都称不上，居然有如此气派的卫生院，估计只是因为行政级别的原因，不能名正言顺地把名字叫作医院。实际上整个规模及豪华度，比乌拉特前旗的医院都要高档多了。

看来隋唐时期的帝王们，都如此看重这一片土地，是有其深厚原因的。

这个地处准格尔旗最北部、黄河南岸、库布其沙漠北部边缘的小乡，因其地势平坦，土质肥沃，水源充足，林草富集，可开发利用的水、地、林、沙、草资源甚广，成为准格尔旗重要的粮食生产基地。

回想起当年气势恢宏，如今灰飞烟灭的十二连城，突然有点儿恐惧，自己会不会终其一生一事无成，又或者无论做过什么，终将湮没于岁月洪荒中……

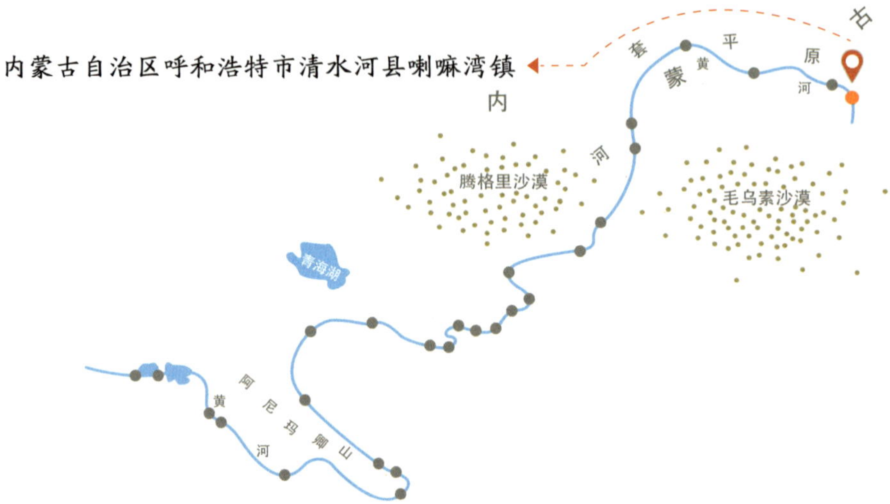

一个值得纪念的日子

一个值得纪念的日子

那天漂流的目的地喇嘛湾，就是黄河上游的终点。

在经过了青藏高原、黄土高原和河套平原后，在欣赏了高原、沙漠、绿洲、草原之后，在结识了青海人、甘肃人、宁夏人、内蒙古人后，我们终将进入广为大众熟知的黄河——华夏文明的发祥地。因为种种原因，世人眼中的黄河文明，不关上游什么事，它仅仅指中下游，代表“华夏”，即汉族文化的地方。殊不知，黄河的三分之二，都是在上游。

我们想象中奔腾的黄河巨流，除了中游的壶口瀑布，再无任何“流”可言。在中下游，现在的黄河是平缓而温顺的。

真正让人胆战心惊的“巨流”都在上游，而如今 27 座水坝的现代化建设，也让上游大多数“巨流”变得水平如镜。

完成了上游，几乎可以说，黄河漂流基本完成了90%。所以，那天值得纪念。

风沙入侵

马上就要结束在内蒙古的航程了，那些触目惊心的景象，那些震撼人心的景象，也要做一个总结了。

在青海果洛州，漂流黄河的旅程刚刚开始的地方，当时的我看见黄河边上沙化状况，很激动，很震撼，感觉好像世界末日到了一样，发了一大通感慨。可在见到了内蒙古的沙化状况之后，我不得不承认当时我是有点儿大惊小怪了。

这里才是沙漠化的重灾区啊。曾经生长着茂盛的牧草，是匈奴人、鲜卑人、突厥人、契丹人、蒙古人放牧的地方，有不少地方已经变成了沙漠。

但还是有好消息传来的。最近十几年来，内蒙古的荒漠化得到了显著改善，与2004年相比，轻度荒漠化土地增加1.28万平方千米，中度减少了1.11万平方千米，重度减少了0.51万平方千米，极重度减少0.13万平方千米。轻度沙化土地面积增加0.85万平方千米，中度减少0.33万平方千米，重度减少0.27万平方千米，极重度减少0.37万平方千米。

这是一个可喜的现象，这大概与内蒙古这些年经济的迅猛发展有一定联系的。

白云鄂博

“白云鄂博”，也是一个名字很美的城市，其在蒙语里是“富饶的神山”之意。白云鄂博矿是一座世界罕见的多金属共生矿床，现已探明矿体内蕴藏着175多种矿物，70多种元素。这也是内蒙古非常有代表性的一个城市，从这个城市可以窥见内蒙古的一些状况。

我对“白云鄂博”这个名字心仪已久。初中的时候就对它感兴趣，是因为《牧羊少年奇幻之旅》这本书，又译为《炼金术士》。当然，生在红旗下，久受唯物主义熏陶的我并不相信所谓的炼金术，也不相信书中主人公真的可以呼

白云鄂博稀土矿区

唤太阳、与世界之魂交流并把自己变成风。

但是这个故事让人很有代入感，看的时候，很容易把自己幻想成书中的西班牙少年圣地亚哥，想和他一样执着地寻找梦中的宝藏。一个偶然的机会，我看到了“白云鄂博”这个名字，不知道为什么就把我的藏宝之地与它联系了起来，此后，白云鄂博在我的梦里出现了很多次。

因此，这次有幸来到内蒙古，特意去了一趟白云鄂博，把我少年时代的梦给圆上。

驶入白云鄂博的中心区，就看见一个以稀土元素为主题的大型塑像。这是因为白云鄂博号称“稀土之都”，蕴藏着占世界已探明总储量

路边别具一格的商店

41%以上的稀土矿物。所谓的稀土矿物，是指元素周期表中原子序数为57到71的15种镧系元素氧化物，以及与镧系元素化学性质相似的钪（Sc）和钇（Y）共17种元素的氧化物。除了稀土之外，白云鄂博还有其他矿种32种，主要有煤、金、铜、镍、铁、铬、锰、银、萤石、石灰石、石英石、石墨、珍珠岩、石膏、芒硝、长石等。

这就是一个典型的内蒙古城市，一个靠资源和能源支撑起来的城市。但是，这样的经济模式，能持久吗？资源总有一天会挖完，即便没有挖完，但在经济下行的阶段，产能过剩，矿产价格大幅下跌，被资源挖走的大量资金和劳动力，能熬得过这个严冬吗？

晋陕大峡谷

黄河从喇嘛湾开始，急趋南下，进入晋陕大峡谷，也进入了中游地带。这段七百千米长的峡谷地带，两岸峭壁夹峙，暗流涌动。从上往下看，宛如一条黄色的巨龙，蜿蜒而下，气势恢宏。自从黑木峡开始，黄河就进入了 1 050 千米长的大河套平原地带，现在终于又进入峡谷区域，可以领略不同的风景。

这是一段新的旅程，一段让人值得期待的旅程。

激流艇

漂流艇的选择

皮划艇及皮划艇运动史

皮划艇的概念非常宽泛，很早之前就出现了，最初以皮革或挖空的树干制成，因此也叫作独木舟。因纽特人出海的皮划艇和波利尼西亚人横渡太平洋的独木舟，都属于皮筏艇。

现代皮划艇运动产生于 1865 年，苏格兰人麦克格雷戈以独木舟为蓝图，制造出第一支现代皮划艇“诺布·诺依”号。1867 年他创建了英国皇家皮划艇俱乐部，并举办了第一次皮划艇比赛。

到 19 世纪末，皮划艇运动已成为欧美各国广泛开展的一项体育活动。1924

年 1 月由丹麦、瑞典、法国和奥地利发起，在丹麦首都哥本哈根成立了“国际划艇联合会”。

同年，第 8 届奥运会期间还进行划艇表演赛。1936 年第 11 届奥运会，皮划艇开始被列为奥运会正式比赛项目，共进行了 9 项比赛。此后，皮划艇的比赛项目不断变化，现在的奥运会共设有 12 个项目。

皮划艇的分类

从材质上可分为：硬壳皮划艇、折叠皮划艇、充气式皮划艇等。

硬壳皮划艇质地坚硬，耐磨结实，抗撞击能力强，速度快，但是运输不是很方便，需要置挂在车顶上出游。

折叠皮划艇方便在车中可携带，但是在比较困难的水域或是海洋里比较难操控，而且偏高的船体容易受到风的影响而让行进的方向偏离轨道。

充气式皮划艇最大的特点就是轻便可携，但是续航时间短，速度慢，使用费力，抗撞击能力差，危险性相对较高。

从使用特征可分为：海洋舟、静水艇、激流艇。

海洋舟的长度比较常见的是5.2米，宽度在60厘米上下，艇身细长，速度快。适合用于比较开阔的水域，比如水库、江、海等。适合喜欢速度的追风一族，国内大部分休闲皮划艇赛事用的都是海洋舟。

静水艇也叫作旅行艇，长度小于 4 米，宽度 70 厘米左右。艇身较长较窄，划行较快，适合在湖、静水河、水库玩划行。

静水艇还有一个小分支叫作平台艇。其实平台艇就是在静水艇上加装了其他功能，比如说加装了钓鱼平台。在公园里所提供的大多也是平台艇，这种艇特别宽，稳定性超级好，极不容易翻，但是速度比较慢。

激流艇出现于 20 世纪 90 年代。在此之前，世界上使用的艇大多是静水艇，但这种艇在自然河流中有所限制，皮艇爱好者们开始思考如何制造出更适合不同用途的艇。最早的改良开始于美国，时至今日，激流皮艇形成了具有不同针对性的皮艇种类。激流艇更短更宽，艇头扁或者椭圆，不像静水艇艇头尖利，便于操控和做各种花式动作。

漂流前的准备

漂流时要身着长衣长裤

很多人想当然地以为漂流跟游泳一样，都是在水里，因此会有人会穿短袖T恤，或者短裤，甚至有人会穿着泳衣，还振振有词地说“人家玩冲浪的不是都穿泳衣吗？”

其实这些都是不正确的，“裸漂”万万要不得。漂流是一项长时间直接暴露在阳光照射下的运动，如果没有合理的防护措施，身体的裸露部分会受到晒伤，而且水面反光也容易使皮肤受到伤害。

因此，应该选择简单、速干面料的长裤、长袖衣服，这样才能有效保护你的皮肤不受太阳的折磨，短裤、T恤等大面积裸露皮肤的衣服是不可以的。面料易干，则可以在比较平缓的航段利用阳光和风的力量，尽快让衣服恢复干爽，使皮肤少受一些折磨。

最好多准备一两套干净的衣服，用来在下船的时候替换，否则穿上未干的衣服会很不舒服，尤其是天气状况不是很好的时候。

注意：不要选择太薄或颜色太浅的衣服，万一掉到水里会很尴尬。

防晒措施

头巾，这是用途比较广泛的一种防护装备。首先，它最基本的功能是遮挡头部和脸部，防止被晒伤。其次，在水流比较急、风浪较大的时候，有头巾遮挡，还可以防止呛到水。如果有人觉得戴头巾比较“娘”，还可以选择戴阔沿帽子，遮挡来自头顶的阳光。

遮阳镜，作用是非常大的。当眼睛接收到过多光线时，它会自然地收缩虹膜。一旦虹膜收缩到极限状态时，人们就需要眯眼。如果光线仍然过多时，就会对视网膜产生损伤。因此在日光强烈时，遮阳镜是必须装备。在漂流的时候，遮阳镜还需要一个附属装备：眼镜绳。这是为了防止遮阳镜滑落遗失。

防晒霜，这种装备的作用一般。漂流时，更好的办法是减少裸露肌肤，即便是涂抹了防晒霜，但由于不防水，过程中难免被水淋湿，作用就显得比较小了。

充气椅垫

由于漂流艇的船底很薄，大约只有0.5厘米的厚度，直接坐在船底，等于与水直接接触，时间长了的话，会导致体温降低，尤其是臀部会非常冷。因此，最简单的办法，是放一个充气椅垫，或者是充气枕，这样不但会有保温的效果，而且在水浅的地方搁浅，臀部也不至于被石头割伤。

沙滩鞋、防水袜

我在天气状况比较好的时候，通常穿的是沙滩鞋。沙滩鞋不容易积水，下船或者翻船的时候也不容易被划伤，是比较好的选择。

但是天气状况恶劣，也就是很冷的时候，穿沙滩鞋就不那么合适了。对这种情况，我的选择是潜水袜套。其实也是有比较专业的户外防水袜的，但是价格比较贵。比如我通常选择的潜水袜套只要20元，而防水袜差不多需要150元。

防水包

漂流黄河我带了 7 个大小不一的登山包，3 个 60 升大的耐磨防水袋。

独木舟高度一般只有30厘米，我用的漂流艇则只有20厘米，除去吃水深度，离水面也大概只有区区10厘米，汹涌澎湃的浪花，随时会越过这10厘米的距离，入侵到独木舟的每个角落。独木舟上所有的装备都必须用防水包进行防水，不然，将会被灌满水而报废。特别是电子仪器，甚至受到潮湿的空气，损坏的速度就会加快。

在激流中，漂流艇还面临着随时被激流打翻的危险，因此可靠性高的防水包就非常有必要了，可以保证在翻艇落水后，在激流的冲击下，依然能保持包内装备的干燥。同时在激流中，一旦翻艇落水，人、漂流艇、防水包的装备，都受到猛烈的激流拉扯，被漩涡拉到水底，被碰撞到礁石上。在这些场景中，防水包不光需要拥有非常好的防水性，起耐磨，耐冲击性能，也是至关重要的。

即食食品

水、巧克力、饼干等方便携带的即食食品，都是可以带上船的。我最习惯的选择是压缩饼干。当然最主要的原因是压缩饼干比较便宜，还有就是压缩饼干遇到水的时候不会变软而成为面糊。

排水工具

我通常会携带一只可乐瓶做成的淘水工具。具体做法是把一只可乐瓶从中间剪开，带盖的那一部分就是我的工具了。

在使用静水艇的时候，由于船身狭窄，不便腾挪，我也会用这个容器接小便。

救生衣

我虽然也算是漂流老司机了，但每次漂流我还是要穿救生衣的。有人认为自己游泳的水平很高，似乎用不着救生衣，这样的想法是错误的。在水流湍急的地方落了水，光有游泳技能是不够的，尤其是在大海上漂流，如果漂流艇出了问题，救生衣才是你求生的最后希望。

如何控制艇和桨

桨的操作

桨是操作艇的工具，划桨有以下几个步骤：

（1）向前侧身，手臂打直；

（2）把桨伸到水里；

（3）把桨往回拉，利用整个身体的力量。

每次划动都应是一个持续的动作，力量均匀地作用于整个回拉动作。这种拉动非常有力，如一桨操作的。多桨操作时，队伍中一定要设一名指挥人员做船长，船长坐在船首指挥，预料到前方水况，并迅速地指挥船员如何操作，他手中的桨作为方向舵，船员坐在船边，并使力量均匀地分布于船的两侧。

控制艇方向的方法

大部分时候，在河水中漂流都是顺流的，船前进的速度比水流快。在风平浪静的水域，艇首指向理想的方向，桨部向前，看着水面，必要时作些调整。但是在有许多障碍物的水域和危险水道，根本没有时间精确地指向通道，可以用桨来改变艇的方向，以避开障碍物或危险水域。

在平静的河面操作筏艇前行时，也会遇到偏离方向的问题，这是由于艇两侧划桨时划桨的速度、力量的大小、桨入水的深浅等不一致所导致。

向前漂流时，如果单侧用桨向后划水（桨由前入水，后方出水），由于水流的作用，艇会向前行，同时艇头会向划桨的另一侧转。如在艇的右侧向前划桨时，艇会向前移动，同时，艇头会向左侧方向转动。依据这一原理，在双侧桨划行过程中发现艇头向一侧偏离，说明偏离侧的划桨力量不大、速度不快，应加快速度的方法来纠正行艇方向，待艇方向正确后再用力前划。

逆流摆渡和顺流摆渡

（1）逆流摆渡：逆流摆渡需要较强的力量。用此方法应让桨向前，使艇与水流成一定角度，桨与逆流成一定角度，指向你想到达的位置。

（2）顺流摆渡：顾流摆渡所需力量较小，但能让操桨手看清前方，在最后时刻也易让艇头转向。它是让后桨动作，让艇首与逆流成一个角度，指向想到的位置。

过险滩

到达险滩前，可先预测水流的大致方向，身体俯低，稳住艇身重心，保持平稳，一般能安然渡过。

旋涡

河道水流较深时，常会出现旋涡，应尽量避免被卷入其中，绕行而过，也可以加快船速，凭着惯性冲过波涡。如果不小心被卷入，要持镇静，让艇顺着洄流旋转，等转至淤涡外围时，用力划水，即可冲出险境，闯出旋涡。

搁浅怎么办

在礁石密集处，水浅，水流急，容易发生搁浅。如果发生搁浅不必慌乱，可用桨用力开抵石头，使艇身离开搁浅处。如果，可下水从旁边拉、推船让艇身离开礁石，下水拉艇的人应注意安全。

与岩石碰撞

漂流中应尽量避免艇身与岩石碰撞。在行进中应调转船头避开岩石，如果不能避开，应让艇头撞上岩石。艇头撞上岩石，艇将立即停下来。如果艇侧与岩石碰撞，你最好在碰上之前，移动到离岩石较近的艇侧，这样做会让顺流艇绕开岩石，万一撞上也可以避免艇身向另一侧翻沉。

翻艇

在户外运动中翻艇多发在水流湍急的区域，如大的淤涡、波浪、单侧的波涛及障碍（如石头等）所引发。翻艇后应保持镇定，发生倾覆不要担心装备，确保漂流者的安全是最重要的。那么救护的对象按先后顺序依次是：第一是自己，第二是其他乘员，第三才是装备。

如果翻艇区域水流不急，应先先把艇身扶正；重新登艇时注意两侧受力均衡，一侧人员爬上艇时另一侧要有人压住。掉落的划桨要及时拾回。

后记

在我做漂流黄河筹备工作的时候，感觉只靠我和羚羊两个人有点儿势单力薄，于是就厚着脸皮在网上做了一个众筹活动，没想到竟然得到了这么多志同道合的网友的支持！在外“漂泊”了这么多年，终于找到组织了！

几经波折，我终于把漂流黄河这项活动完成了，没有辜负这么多朋友的支持。这么多朋友的支持，也是我能克服如此之多困难，一直漂下去的动力之一。真的非常感谢你们！

特别鸣谢

肖华、刘春海、刘毅

Joe147、陈犟、蟹、最后一天、彭小红、吴锡军、陈璟珑、Tony Zhan

徐敏娟、游民、陈宁、沈吉灵、罗伟强/罗崇宁、战斧、张学宝、张建群、蔡仲民、方晔、白胜吉、周向义、notooo、吴红、柒溪林、曲岩、bobdong、唐静、Kama Luo、黄兴武/权美秀、熊燕红

特别支持

A：AJ杰、AlieenXu、阿兰、安易（西安）

B：BB、北熊、奔跑、宾志远、彪

C：China龙、侧面、禅心、谌明、程威、崔静、Carol

D：Davyye、大灰马、邓峥、多媒体

E：Ella Wang

F：樊龙智、范小凡、非常暴徒、飞翔、冯彬、弗祖、付水、佛朗哥、Frances Hai

G：孤岛漂流者、顾君、关丽娜、郭骊蕾、龚璞、郭玮（子）、果冻103

H：韩琪缘、何小军、洪海波、弖小飞、花影、黄涛、惠聪、Hana

J：吉年丰、计小琼、纪先生、江起、金虎、靖杰、Jiaofeng

K：快乐无限、KUANGJIHAI

L：柳柏珍、老马marco、李满洛、李相生、李学诗、李永财、刘永明、林军、林卫华、凌尘、刘鹏、刘耀华、刘力嘉、陆凯、罗拉、罗柱、Lynn

N：南霄旭、宁阳、年丰

P：Pure Liang、鹏征、彭友、彭悦敏

Q：柒柒、清泉、祁建文

S：Suna、山（刘毅）、舍得、沈军安、石海琴、苏斌、苏聊、水姻缘、SooKoonWee

T：太牛也烦、覃伟、谭敏、汤亚平、唐唐、唐伟、田铁伦、童真

W：汪涛、王波波、王慧娟、王一然、吴渭、吴晔

X：西沙人家、夏木子、向荣、谢灿兴、徐剑南、徐靖

Y：洋洋、姚云志、叶小华、易鹏、颖玲、游忧悠、原永强、阳光哥、杨婕、杨洁、杨旭伟、余琦

Z：张洲理、张世庭、张彬、张兵、张春柳、张凯雄、张南、张未、张耘、赵峰、赵环宇、赵金霞、郑红宝、郑世文、钟嘉依、钟晓晴、周川、周健、朱捷、紫清、邹虎、足球仔、战婺、中国杰、曾环

志愿组

林卫华、刘力嘉、如歌、腊梅、小瓶、山西大宝、自游、阿珍、女王驾到、阿兰、刘培文、Alice、Machiko、Stephen Zeng

下面是随机选取了几位支持者对我的留言。

对闪米特的了解，一半来自于共同的皮划艇活动，另一半来自于他的文字。闪米特是什么样的人，在他的眼角，在他的嘴边，也在他的文字里。

其实似乎从第一眼看到操着这个南方口音、结实、不善言辞的兄弟开始，我就觉得“真爱”这两个字已经印在了他闪闪发光的额头上。

很少有人会初次见面就拉着一个只在网上论过道的网友下海夜划——除了足够真诚和爱划艇的人；

很少有人会在皮划艇横渡海峡的情况下坚持自己的意见并用行动执行——除了足够真诚而且足够相信自己和伙伴的人；

很少有人会倾其所有去做黄河漂流这样一件存于很多人的梦想但看来是太冒险和折腾且回报希望极其渺茫的事情——除了足够真诚和爱这个梦想的人；

也很少有人会在用皮划艇漂流黄河的历程中，坚持用求实的态度、认真的观察、朴素的思考、理智的分析，日复一日来记录和探索关于黄河、关于黄河边的人和关于他自己的想法——除了足够真诚和爱这个真实的世界的人。

最后，关于皮划艇，前两天有朋友问我“147，你觉得皮划艇的本质是什么？”这是我的答案，与闪米特和所有真、爱的同学们分享。

To me, kayaking is a beautiful way of trinitarian conversation among a soul, his/her body and the environment, in particular on water, by a boat and a paddle.—（对我来说，皮划艇是某种美好的三位一体的对话方式——灵魂、肉体和环境之间——端坐水上，一船一桨。）

——Joe147 写于击水皮划艇社区

我和闪米特相识于西江，当时中央电视台筹拍《美丽西江》，摄制组要到西江沿途找故事，作为西江入海口的珠海，自然成为摄制组的寻访地。闪米特因独漂珠江，我也因从事与西江相关的工作，遂通过《美丽西江》的拍摄而与之相识且一见如故。

我对闪米特第一印象，按广东话说就是“玩仔”。他辞掉工作专心漂流，刚开始妻子羚羊还工作，后来把羚羊也拉下了水，两人一起玩。但他们把玩变成了事业，从一个漂流的爱好者，逐步成为漂流、探险记录的创造者和保持者，进而成为环保、公益的志愿者。

一路走来，他们在做着自己爱做的事，对人类和社会有益的事，虽然艰辛，但一路升华，因此他们很幸福，精神很富足。

作为探险家，从来是置生命于度外的，在平衡个人爱好与家庭责任方面比较困难。闪米特很幸运，遇到了羚羊，不但没拖他的后腿，还开起了探险夫妻档，夫妻俩互相搀扶，相得益彰，真是难能可贵！

斯人若彩虹，遇上方知有，他们两情相悦，两心默契，是情人，是良友，是知己，更是战友……他们是一对灵魂相配、患难与共的伴侣。祝福他们，祝福他们在自己选择的道路上越走越远，不断攀登新高峰！

——方晔写于水务集团

2015年5月的一天，远方挚友告诉我，一个叫闪米特的探险家要独漂黄河，令30年与黄河为伴的我产生无限遐想。黄河既是一条波澜壮阔的自然河，又是一条孕育着无数灿烂文明的母亲河。多少探险者想了解她、走近她、征服她，都因她的桀骜不驯，或望而却步，或魂断峡谷。新世纪之初，闪米特带着前人的梦想，踏着前人的足迹，踏上漂流黄河之旅，实现了前人未竟的梦想，成为独漂黄河第一人。

——黄水清写于午夜梦回

在这本书上架之前，我已在闪米特公众号追踪了黄河漂流的全程。作为忠实的读者，我也知道当初发表在各网站、公众号前，有些篇章已经被屏蔽了。也许有一些人还是不能接受过于“残忍”的真实。

这部乃是举世以来，记录黄河沿岸的人文、地理变迁最全面的一部纪实探险的书稿。而文中穿插的黄河沿岸的不经过任何加工的图片，更是给我们最真实的呈现。

这不单是一部充满艰险的纪录黄河漂流的书，还是一部充满柔情的、生死相随的爱的故事！

——陆德杰写于黄河边的水电站

在中国，什么“家”都有，唯独“探险家”这个称谓，长久以来似乎与土生土长的中国人绝缘。

中国人追求的东西通常都比较实际，高官厚禄、千万身家，才是现阶段大部分国民的人生追求和成功标准。在价值追求单一、同质化的国度里，能出现像闪米特夫妇这样特立独行的精彩人物，真是这个时代的奇迹。

他们把全部的心思投入到一项项逐步升级的探险计划中，从容面对各种质疑和压力。即便在资金拮据，没有商业赞助的情形下，仍不能阻碍他们探索的桨叶，用纯人力的方式，完成一项项壮举，如此单纯和执着的信念着实让人敬佩，“探险家”称号实至名归！

他们在探险间隙，热心公益，无私分享一路上所见所闻所思，引起了公众对偏远地区的环境保护问题以及生存环境的关注，从而间接地帮助了很多人。在未来岁月里，相信闪米特和羚羊在面临众多挑战的同时，也会为我们带来更多精彩纷呈的探险故事，让我们拭目以待吧！

——姚云志写于纪录片制作中心